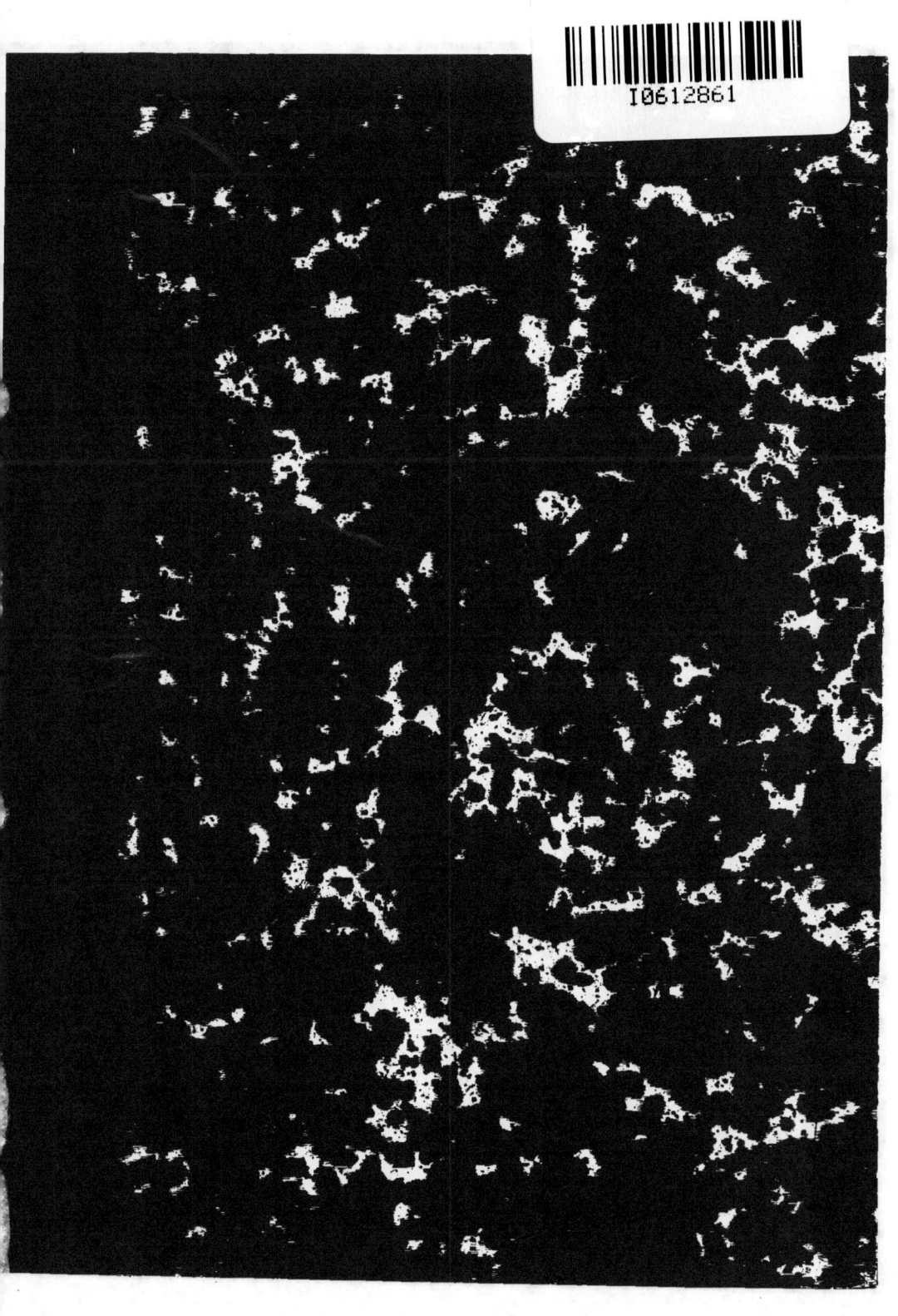

10114.

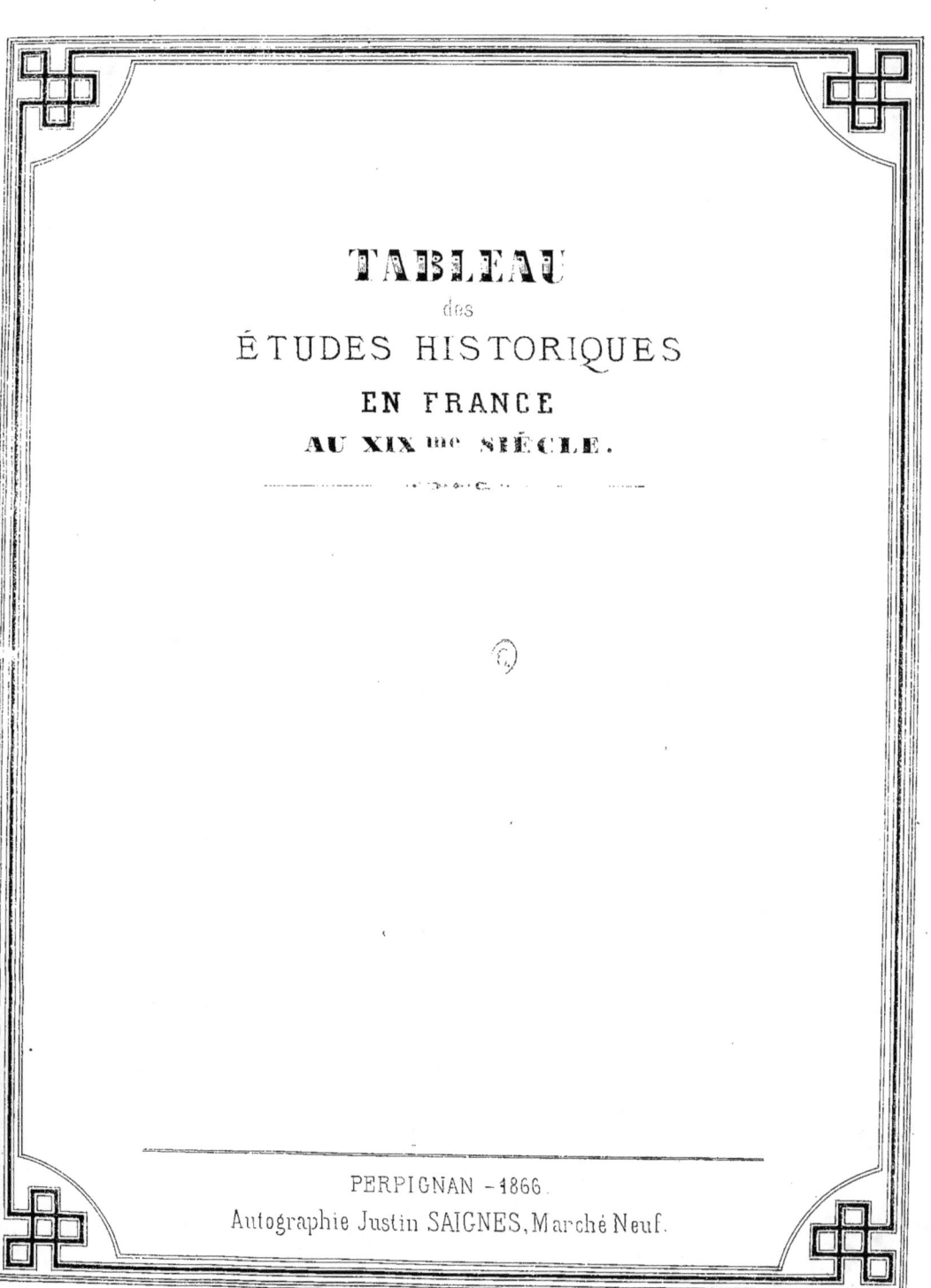

TABLEAU

des

ÉTUDES HISTORIQUES

EN FRANCE
AU XIXme SIÈCLE.

PERPIGNAN – 1866.

Autographie Justin SAIGNES, Marché Neuf.

137

Tableau
des Études historiques
en France
au XIXe siècle.

=

« L'homme s'agite, et Dieu le mène. »
(Fénelon.)

Il y a peu d'années, l'Académie des jeux
Floraux proposait, comme sujet du concours pour
le Prix d'Éloquence, le Tableau critique de la Poésie
en France au XIXe siècle. C'est aujourd'hui le
tour de l'Histoire : pouvait-elle être oubliée, elle
dont les enseignements sont si au-dessus de ceux
de la Poésie ? Nous ne sommes plus au temps où
Aristote, ce précepteur du moyen-âge, écrivait :
« L'historien et le poète ne diffèrent pas précisément en
« ce que leur langage est mesuré ou ne l'est pas ; mais
« surtout en ce que l'un dit les faits tels
« qu'ils sont, tandis que l'autre les dit tels

« qu'ils doivent être ; » d'où il résulterait, comme le déclarait notre philosophe, que « la poésie est plus philosophique et meilleure que l'histoire ; car la poésie dit plutôt les généralités, tandis que l'histoire ne dit que les particularités.(1). L'historien n'est donc que chroniqueur, et le poète seul est philosophe.

Ainsi, Aristote enlève à l'histoire ce qu'elle a de grandeur. C'est qu'il n'était pas donné au génie païen d'envisager l'humanité dans sa marche mystérieuse sous la main de la Providence : L'objet de l'histoire ne pouvait être alors d'éclairer ce qui n'était pas même entrevu. l'histoire n'a reçu sa dignité que du Christianisme, et la philosophie de l'histoire surtout est une science toute chrétienne. On en voit les premiers éclairs dans saint Augustin. Pour lui, l'histoire n'est pas seulement un drame ou un récit, mais une action visible de la Providence(2). ‡ S'étonnera-t-on, après cela, que le savant Père Thomassin traite l'histoire de véritable théologie et de philosophie toute divine(3) ? Celui que les Grecs ont appelé le théologien par excellence, saint Grégoire

‡ bien plus, elle est une partie de la Prophétie, et par elle l'expérience du passé sert à la prévoyance de l'avenir.

---

(1) Poétique, chap. IX.
(2) De civitate Dei, lib. XVIII, cap. 40.
(3) De l'étude des historiens, préface.

de Nazianze, n'avait-il pas écrit que le Christianisme a fait de l'histoire une conception de la sagesse, et que l'histoire est l'intelligence collective de l'humanité[1]? Ce n'est plus, dès-lors, un simple travail de chronologie offert à la mémoire, c'est une explication du monde et de ses lois. « Ce n'est point un spectacle mort, un « tableau ruiné que celui de l'histoire, « dirons-nous avec Lacordaire : L'histoire « est un être vivant, qui a pris naissance « dans l'éternité, qui s'y reposera un jour, « et qui, sur sa route à mesure qu'elle « avance, nous dit l'avenir avec le passé « ce qui a été et ce qui sera, témoin et « prophète à la fois, le plus grand astre « enfin qui éclaire le monde, puisque « l'Évangile lui-même fait partie de « l'histoire et que l'histoire de l'homme « est aussi celle de Dieu[2]. » C'est dans ce sens que Bossuet a pu dire, en abrégeant Cicéron : L'histoire est la maîtresse de la vie humaine. En effet, l'histoire est, à vrai dire, la

[1] « Historia conglobata et coacervata sapientia « est, hominumque multorum mens in unum « collecta. (Lettre à Nicobule sur l'étude de l'histoire.)»
[2] Discours de Lacordaire sur la loi de l'histoire.

seule philosophie: En elle se résument
toutes les leçons qui peuvent être données
aux hommes. Elle est la lumière de
l'humanité, et la religion même lui
demande ses traditions, comme pour
confirmer ses dogmes par l'autorité des
croyances et des exemples.

Dans le siècle précédent, une
renaissance s'était opérée, qui porta les
esprits à l'étude et à l'imitation des livres
de l'antiquité. De cette sorte, on se trouva
peu à peu isolés de l'histoire du pays; la
tradition des souvenirs fut dédaignée et
interrompue. L'esprit de la philosophie française s'accordait mal, d'ailleurs, avec le
genre historique: Était-il facile, en effet,
de répandre du charme dans ses récits, et
de rendre les tableaux vivants et animés?
comme on n'exposait que l'histoire des temps
anciens, on ne pouvait parvenir à exciter
cet intérêt que par une connaissance
approfondie des témoignages écrits. Il eût
fallu, pour cela, se dérouiller de l'esprit
de son siècle et se transporter par l'éru-
-dition dans le passé. Or, les littérateurs
du XVIIIème siècle voyaient leur époque

trop au-Dessus de toutes celles qui l'avaient
précédée pour vouloir en descendre un
instant; ils auraient cru se fausser le
jugement et se faciner la vue s'ils
eussent essayé de partager ou même de
concevoir les sentiments de leurs devanciers.
D'ailleurs, ajouterons-nous avec M. de
Barante, « on commençait à avoir une
« si grande idée de la raison humaine,
« et du point de perfection où elle était
« parvenue, que dans toutes les sortes de
« sciences on recherchait surtout les notions
« positives. On se souciait peu de savoir ce
« que d'autres avaient pensé ou senti sur les
« faits : chacun voulait les avoir à sa libre
« disposition, afin de bâtir sur cette base
« un édifice de raisonnement tout nouveau.
« Pour hâter le moment où l'on pourrait
« s'occuper de cette création, il fallait réduire
« le plus possible le nombre des premières
« notions, et surtout les dégager de toute
« espèce de couleur particulière. C'est ainsi
« que les ouvrages historiques se desséchèrent
« et devinrent un assemblage de faits
« sans liaison ou une suite de raisonnements
« abstraits reposant sur une base insuffisante.
« Par-là aussi l'ignorance commença à se
« répandre. En effet, pour bien posséder
« les livres et les travaux des temps passés,

« il faut avoir pour eux quelque amour et
« quelque estime ; il faut se complaire dans
« tous leurs détails et prendre confiance en
« leur mérite. Lorsque, au contraire, on
« veut seulement rechercher leur substance,
« et qu'on dédaigne leur forme, on étudie
« sans goût et sans suite ; on croit toujours
« en savoir assez, on se persuade que tout
« est inutile, parce que rien ne semble
« agréable. Ce fut de cette sorte que l'instruc-
« tion devint superficielle en France ;
« on rechercha seulement le charlatanisme
« du savoir, afin d'appuyer d'une manière
« apparente la vanité du raisonnement ;
« et avec ce prétendu amour pour les
« connaissances positives, jamais on ne fut
« moins nourri d'une érudition réelle (1). »

      Nous ne croyons rien exagérer
en affirmant que le XVIII ème siècle ne
produisit aucun historien remarquable,
sans en excepter Voltaire, ce grand seigneur
de l'aristocratie du mensonge, si peu
exact dans l'examen et la discussion des
documents, et doué d'une vivacité d'opinion,
qui excluait l'impartialité. Qui ne sait
que le drame et le roman tiennent
beaucoup plus de place dans les œuvres

---

(1) Tableau littéraire du dix-huitième siècle.

historiques de Voltaire que l'histoire
proprement dite ? Toutefois, il avait
prétendu faire de l'histoire, non plus
un simple tableau, mais une suite de
recherches destinées à instruire la mémoire
et à occuper la raison .... Voltaire avait
voulu changer la face de l'histoire. On ne
se bornait plus à chercher, dans les fastes
des nations, des évènements matériels et
des dates. L'histoire était devenue le tableau
de l'esprit des peuples ; Mais ce tableau ne
pouvait être complet. Il fallait, d'une part,
une étude plus approfondie des monuments
et des chroniques de chaque époque. Il
fallait, de l'autre, (et c'est là surtout ce que
Voltaire n'avait pas fait,) en rendant à chaque
époque son caractère, consentir à la juger
d'après ses idées. ── Ainsi écrivirent
Montesquieu, Mably, Raynal et Condillac,
qui étalèrent des systèmes et des raisonnements. L'important, aux yeux d'un historien,
c'étaient ses opinions et non pas ses récits.
La critique et l'impartialité, ces deux
conditions de l'histoire, manquaient à peu
près également aux historiens de cette
époque : La critique, c'est-à-dire le respect
et le culte des sources ; et l'impartialité,
ou la bonne foi dans les inductions et

les jugements. De l'alliance de ces deux éléments peut seulement résulter la véracité sans laquelle l'histoire n'existe plus....

Voltaire avait dit : « L'histoire « est mal faite, nous la recommençons. » Tel est aussi le mot d'ordre des écrivains de notre époque, mot d'ordre qui a été une protestation et un cri de réforme. La réaction s'est accomplie, et cela devait être. Le goût de notre époque s'est tourné vers les études historiques. On répète tous les jours que notre siècle est le siècle de l'histoire ; et, il faut l'avouer, cette parole, si on ne la prend pas trop au sérieux, renferme quelque chose de vrai. A nulle autre époque, on n'a vu les hommes de nos sociétés européennes livrés avec autant d'ardeur à la recherche des faits anciens, des vieilles mœurs, des monuments des âges passés ; s'efforçant de mettre de la science historique, de l'archéologie, de la philologie dans les productions les plus futiles et les plus éphémères d'une littérature de convention.

Il y a certainement dans cet étrange phénomène quelque grande révélation. Les hommes qui réfléchissent

commencent à comprendre que ce n'est
pas avec des abstractions et des raisonnements, auxquels on opposera toujours
des réponses dont le grand nombre se con-
tentera, que seront décidées les grandes
questions politiques et religieuses qui
agitent les esprits, et que c'est dans le
champ de l'histoire que la querelle
doit être vidée. —— D'un autre côté,
on a dit que les esprits, fatigués des
vaines théories dont on les avait nourris
si longtemps, cherchaient dans le
positif de l'histoire de quoi satisfaire
le besoin de vérité qui les tourmentaient;
car, à défaut de principes, on veut croire
à des faits. Ces juges sévères veulent que
l'on se soit mis tout-à-coup à étudier
les peuples à croyances fortes, parce que
soi-même on ne croit à rien..... Nous
convenons que tout, à notre époque,
est mis en question, et qu'on a raison
d'être effrayé des progrès de cet égoïsme
qui dévore le principe d'association des
hommes entre eux; mais comme ceux
qui se livrent aux études historiques
ne s'attachent pas toujours précisément
à observer des institutions positives et
pleines de vie, à approfondir des mœurs

austères et fondées sur l'amour du
sacrifice, il nous semble que nous sommes
autorisés à chercher ailleurs la raison
de cette tendance de notre temps vers
les études historiques; et nous pensons
que si les hommes de ce siècle se sont
pris ainsi à vivre dans le passé, c'est
par suite de leur lassitude d'un
présent qui les fatigue, et de leur
indifférence pour un avenir qu'un
scepticisme blasé a désenchanté pour
eux. Il y a tout un monde dans les
souvenirs, et un monde moins dur et
moins amer peut-être que celui qui
reste à traverser...

    Quoi qu'il en soit, on peut dire
de notre époque, qu'elle a l'intelligence,
non pas poétique ou philosophique,
mais historique. Ce n'est ni l'imagination ni le jugement qui dominent
dans notre génération, mais bien la
mémoire, cette mémoire dont Montaigne
dit qu'elle est « le réceptable et l'estuy
de la science, » et que Platon
appelle la grande et puissante déesse.
Son activité, du reste, est logique. La
plupart des facultés qui travaillent
nécessairement à la création d'un

régime nouveau ont déjà joué leur
rôle: La philosophie et la critique au
siècle dernier, la poésie au commencement de celui-ci, ont détruit l'ancienne
société et l'ancienne littérature. Le
temps est venu où la mémoire, même
en s'abandonnant à sa partialité
ordinaire pour les choses antiques, est
plus utile que nuisible, car elle seule
peut nous ouvrir ce trésor des leçons
et des expériences du passé, cet estuy de
la science dont elle est la gardienne.

Nous dirons même plus:
L'histoire tend à devenir la science
universelle. On peut dire, en effet, que,
par certains principes, toutes les sciences
se tiennent et s'enchaînent; que d'autres
principes établissent entre quelques-unes
des relations plus étroites, et que chacune
d'elles, par le fait même de son origine,
de ses développements, de ses diverses
applications et de son influence sociale,
rentre plus ou moins dans le domaine
de l'histoire. Le temps n'est plus où le
célèbre Malebranche pouvait se vanter
impunément « de ne pas savoir plus
d'histoire qu'Adam. » L'histoire est
devenue de nos jours ce qu'était la
scolastique au Moyen-âge, la forme la

plus habituelle et presque obligée de toute
polémique sur les matières les plus im-
portantes.

      il serait curieux de rechercher
par quelles vicissitudes l'histoire en est
ainsi venue jusqu'à planer au-dessus de
tous les horizons, et dominer les plus
hauts sommets du monde littéraire. —
Est-il bien vrai, et faut-il admettre
avec M. Mignet, que si l'histoire a
étendu et pour ainsi dire universalisé
chez nous son domaine, c'est parce
qu'elle se montre chez les peuples, le
dernier en date des arts de l'esprit,
qu'elle est l'œuvre de leur intelligence
parvenue à toute sa maturité, comme
l'épopée est le triomphe de leur
imagination dans l'essor de sa
jeunesse ? .... nous ne le pensons pas,
et il nous semble que des considérations
d'un ordre différent expliquent et justi-
fient ce retour aux études historiques.

      Ainsi que l'homme, la
société a deux côtés par où elle touche
en même temps au ciel et à la terre.
Les Sciences viennent servir l'homme
et la société dans ces deux sens: Les unes,
en développant l'intelligence humaine,
élèvent vers Dieu ; les autres, s'occupant

des choses sensibles, tendent à multiplier
et accroître les jouissances sensuelles. Que
la tendance matérielle prédomine au
XIXème siècle, sous le nom d'industrialis-
me, c'est un fait avoué. La foi,
ébranlée dans sa base au XVIème siècle
et si indignement outragée au XVIIIème,
s'est retirée des esprits, qui dès-lors ont
cessé de se porter en-haut dans la même
proportion. Les sciences privées de vie sont
venues s'absorber dans l'Industrie. Les
sciences naturelles ont rompu avec la
pensée religieuse et chrétienne, et se sont
bornées à l'observation des faits matériels
et sensibles, repoussant toute idée de
principe, de Providence et d'amour....
La philosophie est descendue à son tour.
Fatiguée de ses éternels et stériles essais,
elle a déserté les routes d'une métaphysique sans lumière et sans vie; mais, trop
fière pour demander à la foi Catholique
la règle fondamentale qui lui manquait,
elle a préféré se réduire elle-même aux
faits. Commençant par la science de
l'homme, elle s'est résignée à n'être plus
que la simple observation de faits physio-
logiques. Heureusement que les faits de
l'individu l'ont conduite, et bien vite, aux
faits sociaux, à l'histoire. L'histoire fut

toujours précieuse à la philosophie, puisque
les faits sont l'une des bases sur lesquelles
le raisonnement doit s'appuyer, sous peine
de voir la métaphysique s'évanouir en
un vain idéalisme.

Au dernier siècle, c'était la philosophie qui cherchait partout ses auxiliaires.
Aujourd'hui, c'est l'histoire qui semble
être devenue le centre du mouvement
intellectuel en France; et ce mouvement
historique tend à entraîner presque tous
les esprits et les plus puissants de notre
époque. C'est ainsi que ceux qui étaient
nés poètes, comme Daru, Lamartine,
Guiraud, sont devenus historiens; les
philosophes, comme Bonald, de Maistre,
Cousin, Droz, Rémusat, Buchez,
ont cultivé l'histoire, qui a séduit les
critiques et les orateurs, à commencer
Villemain, Ravignan, Lacordaire,
Laurentie, Nettement; je ne parle ni
des savants, comme Champollion,
Cuvier, Wiseman, Pastoret, qui ont
agrandi le domaine de l'histoire, ni
des hommes d'état, comme Chateaubriand,
Napoléon, Ferrand, Thiers, Guizot,
Sainte-Aulaire et tant d'autres, que
leur position mettait plus à même de
se livrer à ce genre de composition.

(15)

Pour ne pas multiplier les divisions, il nous semble qu'il suffira de partager chronologiquement en deux parties à peu près égales les soixante années écoulées de ce siècle, pour en apprécier la portée, le caractère et la fécondité au point de vue des productions historiques: Les années qui ont précédé la révolution de 1830, et les années qui l'ont suivie.

La rénovation historique ne s'accomplit pas dès le début du XIXème siècle, dont les premières années ne firent pas une large place à l'histoire dans la littérature française. Ainsi qu'on l'a judicieusement observé, on était, à cette époque, plus occupé à tailler sur les champs de bataille de la besogne à l'histoire, qu'à l'étudier ou à l'écrire[1]. aussi, peu de noms peuvent être revendiqués par la science historique des quinze premières années de ce siècle. D'un côté, Châteaubriand, Beaulieu, Ferrand, Michaud; de l'autre, Volney, Anquetil, Lacretelle.

[1] Nettement, histoire de la littérature française sous la restauration, tom. 1er, pag. 152.

Sismondi, Mme de Staël : c'est à peu près tout le
bilan de la littérature historique du Consulat et de
l'Empire.

Avant de dérouler le tableau des études
historiques en France pendant ce que nous appellerons
la Première Période, c'est-à-dire durant les trente
années qui, ayant précédé la Révolution de 1830,
comprennent le Consulat, le premier Empire et la
Restauration, nous croyons nécessaire de faire ressortir
d'avance et d'une manière générale les deux couleurs
qui doivent dominer dans ce tableau, en formulant dès
à présent ce que nous considérons comme la seule et
vraie définition de l'Histoire, présentant dans un seul
cadre les deux caractères dont l'alliance produira
l'harmonie, tandis que leur séparation n'enfantera
que les systèmes.

Disons-le donc : Il y a un principe
suprême, qui est à l'histoire ce que le principe de la
gravitation et de l'attraction universelle est à l'économie
mécanique de l'univers. Ce principe, cette vérité fondamentale,
c'est que les actes humains, qui sont la matière première
de l'histoire et le produit de la Volonté de l'homme,
engendrent des événements dont le résultat dernier est toujours
le produit de la Volonté de Dieu ; en sorte que les destinées
des particuliers et celles des empires ne dépendent pas seulement
de l'action de l'homme, mais qu'elles relèvent en dernier
ressort de l'action de Dieu qui a créé l'homme pour une fin
qu'il s'est proposée et à laquelle l'homme, soit qu'il y concoure

ou qu'il s'en écarte, ne peut, en aucune façon, se soustraire.
d'où il résulte que la Volonté divine est le centre d'attraction
autour duquel gravitent, bon gré mal gré, toutes les Volontés
humaines, et qu'à la Providence appartient seule la direction
souveraine de tous les évènements de l'histoire. L'histoire est
une, et à toutes les époques son objet est le même : Dieu et
l'homme ; Dieu et le progrès de la Vérité ; l'homme et
l'exercice de la liberté. Comment la Vérité se perpétue-
t-elle immuable au sein de l'humanité changeante ? jusqu'où
peut monter la liberté quand elle s'appuie sur Dieu ?
jusqu'où peut-elle descendre quand elle s'en détache ? Voilà
vraiment l'unique et constante question de l'histoire (1).

      L'esprit le plus élevé qui ait abordé cette
science si haute, c'est Bossuet. tout le mystère de
nos destinées s'est dévoilé devant ses regards ; à la
lumière de la Bible et de l'Évangile, l'humanité a été
devant lui comme un livre qui n'a que deux pages,
la première au-delà, la seconde en deça de la croix. Le
judaïsme fut une préface, le christianisme est l'ouvrage.

      Or, suivant qu'on se rangera sous ce drapeau
de l'École catholique, ou qu'on refusera d'admettre un des deux
éléments qui composent ce que nous pouvons bien appeler la
loi de l'histoire, — l'action divine et la liberté humaine, —
on envisagera l'histoire à un point de vue différent et qui
produira la lumière ou les ténèbres, la Vérité ou l'erreur.
Car, toujours apparaît, plus ou moins accentué, ce perpétuel
antagonisme entre le bien et le mal sur lequel saint
augustin avait fondé sa magnifique doctrine des deux cités,

_____

(1) C'est dans ces termes que la question a été étudiée dans deux
ouvrages récents d'un grand mérite : Le Règne de Dieu dans la

celle des enfants de Dieu et celle des enfants des hommes : *fecerunt amores duo civitates duas.*

Parmi ceux qui repoussent notre principe, il en est qui nient ou ne comptent pour rien l'action de la Providence de Dieu sur le monde. Il en est d'autres qui repoussent le dogme de la liberté humaine ou ne lui accordent aucun rôle dans les évènements humains. Du reste, on pourrait, l'indivisibilité de notre principe, affirmer que la négation de l'une de ses deux parties entraîne la négation de l'autre.

Il s'est donc trouvé des hommes qui, n'ayant point le regard assez ferme pour s'élever jusqu'aux causes, les ont abaissées jusqu'à eux. Non-seulement ils ont voulu que l'humanité fût indépendante, ils ont prétendu que le principe et la loi de son mouvement étaient en elle-même, qu'elle marchait par sa propre force, suivant sa propre nature ; qu'en un mot, elle ne marchait ni sous la main ni sous le regard de Dieu. C'est une philosophie de l'histoire athée, en face de la philosophie de l'histoire religieuse, c'est une explication matérialiste du cours des évènements et de la suite des faits dont se composent les annales des empires. Le progrès indéfini, grand mot par lequel tout s'explique et qui aurait besoin d'être d'abord expliqué, le Progrès, faculté dont la race humaine serait douée, sans doute par sa propre essence, le Progrès en vertu duquel le ciel descendrait sur la terre, et l'homme deviendrait Dieu, voilà le résumé de cette nouvelle philosophie de l'histoire. Le genre humain avance dans une carrière sans bornes, vers une perfection sans limite. L'âge d'or, que les poètes

grandeur, la mission et la chute des empires, par l'abbé L. Leroy ; — Dix ans d'enseignement historique à la Faculté des Lettres de Nancy, par L. Lacroix.

placent derrière nous, cette école rationaliste
le place devant nos pas. Il faut marcher,
la main étendue : Ce n'est pas un souvenir,
c'est une espérance.

C'est pour s'élever contre ces
aberrations qu'un grand écrivain de notre
époque, plus philosophe et poète qu'historien,
a posé les vrais principes, qui malheureuse
ment se perdent quelquefois dans les poétiques
obscurités d'un mysticisme transcendant.
La Palingénésie Sociale de Ballanche,
on l'a dit, est l'épopée de l'humanité.
D'après ce théosophe, la loi Providentielle
qui gouverne l'ensemble des destinées
humaines depuis le commencement jusqu'à
la fin, n'est que le développement des
deux dogmes qui représentent la tradition
universelle consommée et purifiée dans
le Christianisme : La déchéance et la
réparation dont l'auteur proclame
l'identité avec la loi rationnelle et
philosophique de la perfectibilité, inaugurée
sur le Calvaire où le Christ nous a ouvert
les portes de la société moderne avec
ses libertés ignorées de l'antiquité. Au
contraire, les docteurs du prétendu progrès,
pour tout ramener à leur beau
système, inventent le passé comme
l'avenir ; et, le fait de la déchéance

de l'homme une fois écarté, le grand
fait du Christianisme s'explique par les
causes purement naturelles, sans aucune
intervention divine spéciale; ce fait
surnaturel se trouve transformé en un
fait humain, social, venu comme tous
les autres, en son temps, prendre place
dans les développements successifs de
l'humanité. Le Christianisme n'est qu'un
anneau dans la longue chaîne des événements
et des idées, une transition entre le
paganisme qui le produisit, et la
philosophie, cette héritière, qui doit le
détrôner. Ainsi dénaturé, l'Église
n'est plus qu'un simple élément de
l'histoire générale, une phase du
progrès humanitaire, ressortissant à ce
titre du progrès de la raison. C'est ce que
nous appellerons l'École Progressiste,
qu'on désigne aussi sous les noms d'École
Humanitaire ou École Naturaliste. De
là à l'athéisme historique, il n'y a
qu'un pas. A cette école se rattachent,
non-seulement les diverses Écoles
Doctrinaires ou Systématiques, mais
l'École Rétrograde, dont les rares
disciples s'obstinent à perpétuer l'impiété
haineuse du XVIIIème Siècle, restés obscurs
d'une secte que la philosophie sa mère

désavoue aujourd'hui. Cette école,
remontant jusqu'à Voltaire, descendait
en droite ligne de Condorcet, qui, non
seulement ne rattachait pas les espérances
chimériques de la félicité à venir aux
développements ultérieurs du Christianisme,
mais qui osait placer le Christianisme au
rang des fléaux de la race humaine !....

À côté de ceux qui ont nié
ou écarté l'action Providentielle, se sont
montrés ceux qui ont supprimé ou amoindri
la liberté de l'homme dans les évènements
humains. N'oublions pas que les deux
erreurs qui nient les deux parties de notre
principe procèdent l'une de l'autre et
s'engendrent réciproquement. Nier l'action
de Dieu sur le monde, c'est finalement
réduire tout l'homme à la matérialité,
et par suite retrancher de sa vie la gloire
de la liberté. Tout matérialisme engendre
donc le fatalisme. Voilà pourquoi certains
écrivains, partant de ces données, prétendent
assigner une fatalité mensongère pour
explication et pour excuse aux plus tristes
attentats de l'histoire. Voilà comment
ceux qui avaient présenté le monde comme
« une hiérarchie de nécessités, un mécanisme
« universel, » ont été conséquents avec leur
affreux principe en soutenant que l'histoire est

un problème de mécanique appliqué à l'humanité et aux évènements humains. Ces hommes indifférents, en ne voyant dans l'histoire que la lutte de l'humanité contre une puissance supérieure qui l'enchaîne et l'opprime, à force de vouloir être justes comme la vérité, sont injustes comme la fortune. C'est l'École Fataliste ou Dualiste.

Les doctrines de l'École Descriptive nous serviront de transition entre les deux écoles radicales que nous venons de faire connaître.

Il va sans dire que des nuances nombreuses et tranchées séparent ou distinguent les historiens même rangés dans une école particulière et sous une dénomination uniforme, et que, en dernière analyse, cette classification, adoptée en principe dans notre plan, ne saurait être absolue ni exclusive.

La Révolution Française, en balayant avec la violence de l'ouragan tout ce que le temps avait fondé dans les Gaules depuis le baptême de Clovis, avait rendu impossibles les études historiques et fait oublier les grands travaux des derniers siècles. Lorsque la mort planait sur toutes les têtes; lorsque, sous peine de se voir traîner dans les cachots, il fallait faire abstraction de treize-cents ans de notre histoire, et ne dater la nationalité française que de l'ère sanglante de 93, on conçoit que les disciples les plus passionnés des Mabillon, des Ducange et des Dubos ont fermé leurs bibliothèques et brûlé leurs travaux commencés. Mais, dès que la tourmente fut calmée, dès que le grand capitaine que Dieu avait suscité pour arracher la France aux mains indignes de ses gouvernants, eût rétabli l'ordre et la sûreté publique, lorsque, après tant et de si grands évènements, les générations actuelles se trouvèrent au sein d'un loisir favorable à l'activité littéraire, tous les esprits sérieux, tous les hommes vraiment intelligents se tournèrent vers un passé dont l'étude leur paraissait indispensable. Une des premières routes où les lettres se précipitèrent avec ardeur, ce fut l'art historique. On avait assisté à des scènes si grandes, si variées, si remplies du plus poignant intérêt; on avait tant vu faire l'histoire, qu'on voulut retrouver dans le passé quelque chose de ce qu'on avait vu et éprouvé. Mais, il faut le dire, l'esprit des écrivains qui se laissèrent aller à ce mouvement, encore émus par de longues agitations,

hérita trop souvent du mouvement et de
l'impulsion qui avaient longtemps animé
les passions. Aussi nous commencerons par
ceux-ci.

Au début de ce siècle, parurent
les premiers travaux historiques de M. de
Lacretelle le jeune sur la Révolution
française, où des récits chaleureux et presque
trop étudiés font regretter l'absence de
l'étude approfondie des monuments, et l'esprit
de l'auteur, élevé avec la génération des
Encyclopédistes. Bientôt après, remontant
le cours des années, il traça, d'un pinceau
animé et dans des pages plus dramatiques
qu'historiques où le défaut de critique se
fait trop sentir, le tableau de la France
pendant le dix-huitième siècle, et enfin
l'histoire de notre patrie pendant les
guerres de religion. Commencé en 1801,
sous les verroux du Directoire, au moment
même où le Vicomte de Toulongeon
commençait à écrire son Histoire de
France depuis la Révolution de 1789, le
Précis historique de la Révolution, de M.
De Lacretelle, mettait hardiment à nu
la conspiration qui s'était ourdie dans
l'Assemblée Législative, contre la royauté
et la famille Royale : Fatale préparation
à la tyrannie qui devait bientôt couvrir la

France de deuil et de ruines, et dont les
auteurs étaient flétris sans ménagement,
en présence même de leurs héritiers et de
leurs complices, encore tout-puissants. Vingt
ans plus tard, sous la Restauration, dans
le calme de la réflexion et l'apaisement
des temps, Lacretelle reprendra l'histoire
de la Révolution, qu'il traitera avec plus de
développement et de liberté.

Peu d'années après, vers l'époque
où Anquetil publiait et dédiait à l'Empereur
son Histoire de France, compilation
commencée à quatre-vingts ans, œuvre
assez faible, dont l'auteur, s'appuyant trop
aveuglément sur l'autorité de ses devanciers,
ne savait que les répéter en les décolorant,—
M. de Sismondi écrivait son Histoire des
Républiques Italiennes, qu'il poursuivit
pendant plus de dix ans avec autant
d'érudition que d'éclat, mais avec une
trop grande négligence à consulter les sources
propres à lui révéler dans leurs vrais
jours les origines des institutions. Pourquoi
faut-il qu'on reproche à cette histoire
un défaut d'unité, inhérent en partie
au sujet lui-même, et, ce qui est plus grave,
qu'on soit obligé de voir dans cet écrivain
un des fauteurs les plus obstinés des préjugés

modernes contre l'Église et le Saint-Siège ?
— Les rapports séculaires entre l'Italie et la
France furent sans doute un des motifs qui,
pendant la Restauration, conduisirent M. de
Sismondi à entreprendre une Histoire des
Français, dans laquelle il s'est beaucoup plus
appliqué à faire ressortir les faiblesses de la
royauté que les services qu'elle avait rendus
en constituant l'unité politique et territoriale
du pays. Néanmoins, grâce aux travaux de
l'auteur, économiste de premier ordre et
jurisconsulte érudit, nul n'a pénétré plus avant
que lui dans l'organisation sociale des anciens
peuples et n'a mieux compris leurs institutions politiques. Catholique, il eût probablement
enrichi la France d'un beau monument
historique; mais, imbu de tous les préjugés
étroits et haineux dont Genève, depuis la
Réforme, semble avoir toujours été le centre
privilégié, l'historien s'égare sur les traces de
son coreligionnaire Gibbon, et souvent ses
rancunes de sectaire dépassent toutes les
bornes.

En même temps que Sismondi
traçait l'histoire des Républiques de l'Italie,
un poète; enfant, lui aussi, du XVIIIème siècle,
et intendant des armées impériales, entreprenait de raconter l'histoire particulière

d'une de ces républiques. C'est au milieu des
fracas de la catastrophe de Venise que le
comte Daru, déjà traducteur d'Horace, avait
conçu le plan de son histoire. Dans le partage
de ses dépouilles, le seul butin qu'il se réserva,
ce furent ces documents si importants exhumés
de ses archives, jusque-là inaccessibles; ce
qui permit à l'auteur de rassembler les
notions les plus exactes et généralement
complètes sur l'histoire de cette fameuse
république, d'après les sources les plus pures
et les plus authentiques. — Après ce monument du moyen âge, Daru voulut en
élever un à sa patrie: il écrivit l'Histoire
de Bretagne. Mais ici les souvenirs et
les couleurs manquaient. Aussi, regrette-
t-on que le regard de l'historien n'ait pas
plongé plus avant dans les antiquités de
la vieille Armorique; on se prend surtout
à regretter, avec M. de Lamartine, que
l'auteur ait arrêté sa plume à la page
la plus historique de son récit, à cette
page qui semble arrachée à l'histoire des
temps héroïques, où la foi du chrétien se
confondait avec la fidélité du soldat; où
des provinces entières se levaient d'elles-mêmes,
aux seuls noms de Dieu et du Roi, et, ne
puisant leurs forces que dans leur désespoir;

renouvelaitat dans un coin de la France, en
présence de l'Europe muette ou vaincue,
les prodiges du patriotisme antique.

Pendant que Sismondi calomniait
le gouvernement du Saint-Siège, au nom
de la liberté, un autre savant, qu'une
révolution de liberté avait jeté du cloître
dans la politique, et qu'une révolution
de pouvoir avait ramené de la politique
aux lettres, Daunou, écrivait, d'après les
mêmes idées, un Essai historique sur la
puissance temporelle des Papes. Ce livre,
qui serait mieux intitulé: De l'indépendance
spirituelle des États, fut écrit sur l'in-
vitation de l'Empereur, au moment où
celui-ci venait de rompre avec le Pontife
qui, après avoir béni son élévation, ne
se prêtait plus à ses desseins. Aussi,
l'écrivain, qui composait un manifeste
plutôt qu'une Histoire, était-il injuste
envers la Papauté, ce pouvoir général
de la société chrétienne au Moyen-Age,
sans lequel, suivant M. Guizot, la
vieille civilisation aurait succombé sous
la barbarie, et l'esprit aurait été opprimé
par la force. Chose surprenante! ce
pamphlet d'érudit était publié en 1807,
quatre ans après que le savant et courageux
abbé Barruel avait publié, le lendemain

du Concordat et la veille de l'Empire, son magnifique traité De l'autorité du Pape, et douze ans avant le livre du comte de Maistre. Dieu merci, celui de Daunou a seul été oublié...... — Littérateur, archéologue, législateur et philosophe, Daunou, qui, après avoir passé quinze années de sa jeunesse à l'École austère et laborieuse des Oratoriens, avait quitté pour jamais l'Église et la paisible maison de Saint-Magloire pour entrer dans l'enceinte orageuse de la Convention et dans le domaine de la politique, cultiva surtout avec prédilection l'histoire, cette science des temps passés, qui a des lois pour les philosophes, des règles pour les politiques, des jugements pour les sages et des leçons pour les peuples. Nommé, sous la Restauration, professeur d'Histoire au Collège de France, il se livrera pendant douze années à son austère enseignement, où il s'appliquera surtout à retracer les devoirs de l'historien et à définir les conditions de l'histoire. «Les problèmes de la chronologie, «les influences de la géographie, la «valeur diverse des traditions, des témoi- «gnages, des monuments; l'action des

« lieux sur les faits; les rapports des
« évènements avec les institutions; les liens
« cachés mais certains qui rattachent les
« destinées des nations à leurs idées et à
« leurs mœurs : tel est le vaste sujet qu'il
« a traité dans son cours, se proposant,
« après avoir répandu les lumières d'une
« critique savante sur toutes ces parties
« de l'histoire, de les reproduire dans les
« récits animés pour en offrir les grands
« spectacles à l'imagination émue, et pour
« appuyer sur ses enseignements la
« sagesse plus expérimentée du monde [1]. »
Toutefois, dans ces travaux immenses
et réellement sérieux se révèlent le
jugement du Moyen-Age d'après les
idées modernes, et l'empreinte du
XVIII ème siècle, dont l'École historique
eut toujours dans le savant Daunou
un défenseur systématique et passionné.
Comme Voltaire, Daunou ne laissa
échapper aucune occasion de calomnier
« ces siècles de ténèbres où l'entende-
« ment humain s'abrutit dans les
« superstitions les plus lâches, et où
« l'Europe entière croupit dans l'avili-
« ssement, jusqu'au XVI ème Siècle [2]. »

(1) M. Mignet, Notices et portraits, t. 1er p. 413.
(2) Voltaire, Essai sur les mœurs.

L'esprit railleur et léger du XVIII ème siècle était passé dans les livres spirituels, un moment célèbres, de M. Jouy. Ses peintures et ses portraits sont de l'histoire, et ses tableaux sont bien plus d'un historien que d'un moraliste; car l'Ermite de la Chaussée-D'Antin ne s'attache guère qu'au côté fugitif, et ne peint que la société Parisienne, où le cœur humain de l'Epoque Impériale.

Dans une sphère plus haute et sous une forme plus hardie, l'auteur d'un livre tristement célèbre, qui, publié sous la Révolution, dogmatique dans la négation et sophistique dans le raisonnement, avait assigné une origine humaine à toutes les religions et imputé à celles-ci les effets des passions qui se servent de leur autorité pour s'assouvir (1), — le comte de Volney transportait les mêmes préjugés et les mêmes paradoxes dans ses recherches nouvelles sur l'Histoire Ancienne. L'histoire, but des recherches de Volney, n'est pas

(1) Les Ruines, 1792.

celle des peuples dont les écrits instruisent
notre enfance et charment notre vieillesse:
Il remonte à une époque plus reculée que
l'existence des Romains et que la gloire
des Grecs. Volney, au milieu de ses
investigations, attaque ouvertement le
témoignage des Livres Saints, et les
discute avec autant de liberté que les
sources de l'histoire profane. Le
comprendra-t-on ? cet homme, qui
fut appelé à donner des leçons aux
peuples et aux Souverains dans une
chaire d'histoire, ne croyait pas à
l'autorité de la tradition orale et
du témoignage écrit, ces deux sources
de l'histoire, et prétendait même
prouver que l'histoire était, non
point une science, mais un art
très-délicat, et à peu près impraticable, de dégager la vérité de
documents incomplets et souvent
contradictoires, qui ne sauraient produire tout au plus que la vraissem-
blance. Et c'est ce même homme qui,
en étudiant le passé, sur des bases si
fragiles, choisit les peuples les plus
anciens pour découvrir leur berceau et
raconter leurs origines !....
    C'est encore à la génération

survivants du XVIIIe siècle que se rattachent les
travaux du comte de Ségur sur l'histoire
universelle, mis au jour sous la Restauration,
après avoir été exécutés sous l'empire pendant
les loisirs que laissaient à l'auteur des fonctions
de Grand-maître des cérémonies. En prenant
la plume après Rollin, l'auteur déclarait
que, dans sa pensée, celui qui entreprend d'enseigner l'histoire pour former des citoyens
vertueux et pour éclairer les hommes, doit
« se dépouiller de tout esprit de circonstance
« et de système, et leur faire juger les
« hommes et les événements uniquement
« d'après les règles de la morale ; car l'esprit
« de secte et de parti n'est que pour un
« temps, tandis que la justice et la vérité
« sont de tous les lieux et de tous les siècles.
« Nous devons donc, ajoutait-il, accoutumer
« la jeunesse à bien distinguer la vérité de l'erreur,
« à juger les hommes et leurs actions par leur
« moralité, et non d'après les hasards des
« événements.... En présentant ainsi aux
« yeux des jeunes gens les hommes et les
« événements sous leur véritable jour, le
« but de l'historien doit être d'imprimer
« dans ces âmes tendres le respect pour la
« Divinité, le dévouement à la patrie et au
« roi, la vénération pour la justice, l'amour
« d'une sage liberté, et le plus profond
« mépris pour tout ce qui blesse l'honneur

« et la vertu (1). » Nous le disons avec regret,
l'Histoire Universelle de M. de Ségur n'a
point réalisé ce programme ni tenu ces
promesses; car l'esprit de système, contre lequel
il s'élève en commençant tient une trop
grande place dans ces pages, plus susceptible
d'égarer la jeunesse que de lui communiquer
les nobles et généreux sentiments que l'auteur
désirait lui inspirer. C'est en vain qu'on a
voulu lui faire honneur d'une liberté d'opinion
qui avait pu manquer à quelques-uns de
ses devanciers. Vainement a-t-on dit de lui:
« moins crédule, plus concis, plus philosophe
« que Rollin, il a écrit comme lui pour la
« jeunesse, mais pour la jeunesse du XIXème
« siècle..... » nous dirons plus exactement:
Plus incrédule, moins naturel et plus passionné
que Rollin, Ségur écrivit pour retremper la
jeunesse de notre siècle dans l'esprit anti-
religieux de Montesquieu, de Voltaire et de
leurs disciples.... Aussi, est-il plus d'une
page de l'Histoire du Bas-Empire que
nous voudrions déchirer pour l'honneur
de notre Époque et la gloire de l'historien.
Toutefois, il est des qualités auxquelles
nous devons rendre hommage; et avant
tout, il faut dire que, par suite d'une
heureuse innovation, dans cet ouvrage,
écrit avec clarté, on trouve, sans perdre le
fil des évènements, l'histoire non interrompue

(1) avant-Propos de l'Histoire Universelle.

de chaque peuple, depuis sa naissance jusqu'au moment où il a cessé totalement d'exister comme nation indépendante.

Peu d'années après, le fils de cet historien, jaloux de continuer les traditions littéraires de famille, faisait une excursion dans le domaine de notre histoire nationale. En écrivant, dans un style hardi et animé, épique même, l'*Histoire de la Grande-armée pendant l'année 1812*, c'est-à-dire l'*Histoire de la campagne de Russie*, il a raconté, de tous les évènements dont se compose la vie du conquérant, celui qui était le plus propre à donner la mesure de sa volonté et de sa puissance, surtout lorsqu'il nous représente, en témoin et en poète, la course triomphale de nos 400'000 hommes à travers tant de populations dispersées au seul bruit de leur marche, mais particulièrement cette *retraite des trente milles*, à travers des hordes innombrables qu'ils ne cessent de combattre, en luttant contre toutes les rigueurs du climat et contre toutes les tortures du besoin.

— Bientôt, sans sortir de Russie, le même auteur conçoit l'idée d'étudier le génie de cet autre héros, de ce réformateur, appelé *Pierre-le-Grand*, en donnant la mesure

des obstacles qu'il eût à combattre dans ses
attaques contre l'antique barbarie de son
peuple; et ainsi, il trouvé et naturellement
l'occasion d'écrire à la fois l'Histoire de
Russie et de Pierre-le-Grand, en résu-
mant les événements si compliqués, les
vicissitudes si multipliées et si dissemblables
dont se compose l'Histoire de cet empire,
tour-à-tour conquérant et conquis, pendant huit siècles, depuis son établissement
par le Chef de la dynastie de Rurick
jusqu'au règne du 4ᵉ Czar de la
dynastie des Romanow.

      On le voit, le mouvement
patriotique qui reportait les historiens
vers l'étude de notre France, commençait
à se produire, et la plus grande partie des
œuvres historiques dont il nous reste à
parler dans cette première période, ont
pour sujet notre pays, ses rois, ses
grandes luttes ou ses grands hommes.
Faisons une place à ceux de ces ouvrages
qui ont laissé une trace dans notre
littérature nationale.

      L'Histoire du règne de Louis
XII et de François Iᵉʳ, fut écrite par
le comte Raderer, économiste et
organisateur bien plus qu'historien,
écrivain plus original que sûr, disciple

des philosophes du XVIII ième siècle, esprit
imbu des préjugés de son temps, systématique et souvent paradoxal, qui nous
a laissé le panégyrique de Louis XII et
l'acte d'accusation de son successeur. En
faisant de ses sentiments la règle de
l'histoire, cet écrivain n'a eu ni l'esprit
libre ni la conscience ferme.

　　Ce fut aussi sous la restauration
que M. Jay donna son Histoire du cardinal de Richelieu. C'était une entreprise
hardie que celle de peindre cet homme,
qui « reprenant une tache abandonnée
« depuis Louis XI, osa redemander aux
« grands vassaux ce qu'ils avaient reconquis
« sur le pouvoir Royal pendant la longue
« anarchie qui caractérise le règne de la
« troisième branche des Valois; cet
« homme dont l'inflexible volonté,
« brisant ce qui ne voulait pas fléchir, et,
« s'asservissant le roi lui-même pour
« affranchir la royauté, consomma l'éman-
« cipation du trône, que l'astucieuse poli-
« tique du Bourgeois couronné n'avait
« qu'ébauchée (1). » Jay nous montre
successivement le terrible Cardinal,

_____

(1) Réponse d'Arnault au discours de réception
de M. Jay à l'académie Française, le 19 juin 1832.

si grand au dehors et si cruel au dedans,
et manquant le royaume, et, à la suite de
Henri IV, suscitant tous les souverains
contre cette maison d'Autriche qui, depuis
un siècle, pesait sur l'Europe; jetant les bases
de ce traité de Westphalie sur qui reposa
longtemps l'équilibre Européen; il nous le
montre encore, non seulement assurant,
par la création de l'Académie Française,
la gloire du siècle au seuil duquel se place
cette institution, mais surtout préparant
la lutte qui, un siècle et demi après,
s'engageait entre le peuple et le roi, et
cette révolution où se perdit le pouvoir
arbitraire qu'il avoit cru consolider
à jamais, en détruisant l'intermédi-
aire placé entre le prince et les masses
populaires.

Deux ans après (1818), Lemontey
portait ses pensées vers un grave sujet
d'études, l'Histoire critique de la France
pendant les règnes de Louis XV et de Louis
XVI, dont l'auteur ne publia d'abord
que l'Introduction, ou Essai critique sur
l'Établissement monarchique de Louis
XIV, tableau rapide où l'œil du
peintre s'appliquait particulièrement
à démêler les ressorts du gouvernement
du grand roi, mais où son pinceau

retraçait sous des couleurs trop sévères et
railleuses, cette étonnante monarchie, si
souvent et trop exclusivement jugée, il
faut le dire, d'après les brillants récits de
Voltaire. Le titre de grand administrateur,
qui, selon Lemontey, pourrait tenir lieu
de tous ceux que l'on a décernés à Louis XIV,
est une expression vraie, mais incomplète,
et qui ne suffit pas à l'impartialité de
l'histoire. Enfin, Lemontey, qui a souvent
méconnu les véritables causes, n'a pas
assez marqué, comme l'a observé un grand
critique (1), cette grande influence des lettres
tant favorisée par Louis XIV, et les efforts
continuels de ce monarque pour hâter
les succès de l'intelligence, pour appeler
les talents étrangers, pour animer les
talents français et préparer des secours à
toutes les études, des inspirations à tous les
génies. Mais ce que Lemontey a su faire
ressortir en étudiant le grand roi, comme
Jay l'avait montré en faisant connaître
Richelieu, et comme achèvera de le faire
30 ans plus tard, Augustin Thierry avec
plus d'éclat et d'autorité, c'est le pouvoir
absolu préparant l'avènement de la
Démocratie.

Dulaure choisit un théâtre dont

(1) Villemain.

la scène, quoique plus restreinte en un
sens, embrassait un quadre plus vaste et
plus étendu. En écrivant l'Histoire de
Paris, cet érudit du parti révolutionnaire dont Béranger était le chanson-
nier, faisait une grande démolition et
une œuvre de scandale. Nul n'avait
moins que lui le génie de l'Histoire;
mais il avait en retour une haine
profonde contre la religion et la royauté.
En s'attachant à flétrir les crimes des
hommes puissants et redoutés, il eût dû
placer plus souvent en regard les belles
actions qui ont, par compensation, conso-
lé l'humanité. — Aussi, un écrivain
appartenant à l'École Monarchique et
Catholique, M. de Saint-Victor, que nous
retrouverons plus tard, crut-il le moment
favorable pour donner une seconde
édition refondue de son Tableau historique et pittoresque de Paris, et l'opposer
au mauvais livre de Dulaure. Comme
celui-ci, M. de Saint-Victor avait
subordonné l'Histoire de France à
celle de la Capitale, dont les destinées
se lient principalement à celles de la
dynastie de nos rois. Mais, tandis que
l'un écrivait au point de vue révolutionnaire

et anti - Cattholique, l'autre prenait pour
guide l'impartiale vérité éclairée par la foi
de nos Pères et assise sur nos antiques
traditions nationales.

        Nous ne croyons pas être
injustes en nommant ici M⁻ᵐᵉ de Staël,
dont les Considérations sur les principaux
évènements de la Révolution Française
parurent dans les premières années de la
Restauration. On l'a dit en deux mots
et avec raison : « La monarchie fran_
«çaise sacrifiée, la Révolution réhabilitée,
«la constitution Anglaise préconisée,
«voilà le livre de M⁻ᵐᵉ de Staël.» aussi
l'École Monarchique et Catholique ne
put-Elle s'empêcher d'attaquer ce livre,
singulier mélange d'ombre et de lumière,
où la vérité est à côté de l'erreur, la
justice auprès d'une partialité, peut-être
involontaire, mais passionnée. M. de
Bonald n'était-il pas autorisé à observer
qu'il n'y avait point en Europe d'écrivain
moins appelé que M⁻ᵐᵉ de Staël a consi_
dérer une révolution, à cause du mouve_
ment de son esprit et de l'agitation de
sa vie ? et ne pouvait-il pas appeler
son livre « Un roman sur la politique
«et la société, écrit sous l'influence des
«affections domestiques et des passions

politiques qui avaient agité l'auteur ?

Jusqu'ici, les historiens que
nous avons rapidement fait poser devant
nous, et que nous avons rattachés aux
Écoles Progressiste et Systématique, filles
du XVIIIème siècle, ont fait trop bon
marché des sources et documents en
écrivant sous l'influence d'idées préconçues
ou de doctrines radicales. Daru fut
peut-être seul exempt de ce reproche,
en écrivant en 1819 son Histoire de
Venise. Une réforme dans la manière
d'étudier et d'écrire l'histoire était
devenue nécessaire, et les études historiques
appelaient dans notre pays un développement et une rénovation. La
fondation de l'École des Chartes par
ordonnance royale de Louis XVIII en
1821 ne contribua pas peu à la propagation de ce mouvement : Une aussi
utile institution devait faire refleurir
l'étude si nécessaire des sources historiques,
tombée avec la savante Congrégation
de Saint-Maur.

Augustin Thierry fut un des
premiers à reconnaître ce besoin et à
suivre cette impulsion ; car il sut changer d'es-croniques arides en tableaux

vivants et fidèles, et découvrir, par le
regard perçant de son génie, une histoire
nouvelle ensevelie sous nos Chartes natio-
nals. Il fait donc reconnaître l'immense part
qu' Augustin Thierry a eue dans la réforme historique produite au commencement
de ce siècle ; mais ses travaux reflètent
l'homme de parti : « Il y a beaucoup
« du caractère du Pamphlet, et le temps
« présent s'y révèle plus que le XI ᵐᵉ siècle. »
Comme l'a dit un de ses panégyristes,
tandis que « les études sérieuses auraient
« dû précéder les jugements arrêtés, il voulut
« au contraire demander à la science des
« arguments pour servir des idées pré-
« conçues que déjà il avait émises en
« public (1). » Un moment élève et fils
« adoptif de Saint-Simon, il défendit les
« intérêts de la liberté renaissante, et
« résolut de demander à l'histoire des
« armes contre les prétentions des anci-
« ennes classes privilégiées ; Dans ce
« premier travail de sa pensée, où il
« évoquait le passé plus encore pour
« enflammer que pour éclairer le présent,
« Thierry, à la racine même de l'État
« social des nations modernes, n'entrevit

(1) Éloge d'Augustin Thierry, par le comte
Victor d'Adhémar, couronné en 1858 par
l'académie des Jeux Floraux.

(44)

D'abord qu'en un lointain obscur ce fait
général de l'invasion et de la conquête
des tribus Germaniques, expliquant à
la fois cet état social, fondé sur
l'inégalité civile des classes, et les efforts
plus ou moins légitimes qui avaient eu
pour but de le transformer ou de le
renverser. Un fait plus récent, plus
circonscrit, plus saisissant par cela même,
le mit sur la voie: La Conquête De
l'Angleterre par les Normands, au
XI ème siècle, lui parut le principe
dont toutes les révolutions de ce pays
avaient été les conséquences nécessaires:
C'est ce que raconta l'historien à peine
âgé de 30 ans. — Un autre idée, non
moins exclusive d'abord, mais non
moins féconde que la première, dont elle
était fille, marqua la 2e direction de
ses travaux, ceux dont l'objet fut
l'Histoire de France. Et ici encore
un fait le frappa entre tous, celui De
la formation des communes, telle qu'elle
lui apparut, c'est-à-dire comme une
revendication du droit des vaincus con
tre les vainqueurs, et comme une véritable révolution sociale prélude de
tous les changements opérés dans la
situation relative des classes, jusqu'à la

(45)

grande et définitive émancipation ....
Pour tout dire en un mot, Thierry, dès
1820, avant Sismondi, avant M. Guizot
et M. de Barante, voulut, selon son
expression, planter pour la France du
XIX ème siècle, le drapeau de la réforme
historique ; et, comme il ne la séparait
pas de la réforme politique, comme il
croyait pouvoir agir sur l'opinion par
la Science, il voulut rendre aux classes
moyennes et populaires les titres oubliés
de leurs aïeux. Dans ses Lettres sur
l'Histoire de France, il expose la
formation de la nation Française,
en déterminant le point précis où
l'Histoire de France proprement dite
succède à l'Histoire des rois Francs,
et la formation de ce qu'il appelle la
révolution Communale, en faisant
ressortir le vrai caractère de ce grand
fait de l'affranchissement des
communes, où il voit, dès le XI ème
Siècle, le lointain prélude de l'avéne
ment du Tiers-État, dont l'histoire,
Savamment écrite sur les monuments
authentiques, sera le chant du Cygne
de cet Homère de l'Histoire. L'écrivain

se modifiera dans la seconde période.

Nous ne pouvons passer sous silence
l'Histoire des Gaulois que M. Amédée Thierry,
son frère, publiait en 1828, reconstruisant
ainsi, à travers les siècles, à l'aide de fragments
épars, la généalogie et toute une époque de la
vie des peuples que nous pouvons appeler nos
ancêtres. Toutefois, nonobstant l'érudition et
la sagacité que demandait l'accomplisse-
ment de cette tâche, on a signalé dans cet
important monument national quelques erreurs
ethnographiques ou du moins quelques théories
hasardées, quelques indications d'une certitude
douteuse. ── Pourquoi faut-il que les travaux de ces deux grands investigateurs de
l'histoire soient en-dehors de l'action des
idées chrétiennes? Pourquoi, se bornant trop
souvent aux rôles de narrateurs et d'ar-
chéologues, se rapprochent-ils de ces amans
exclusifs du Fait, qu'effraye la seule
apparence d'une philosophie de l'histoire?
L'École à laquelle ils appartiennent, plus
grave et plus savante que l'École du
XVIIIème siècle moins radicale que l'École
Descriptive, sans faire de l'histoire un
spectacle puéril, s'attache trop exclusivement
à la recherche et à la reproduction exacte
des événements, se mettant peu en peine de

leur interprétation.

M. Guizot fut un des premiers
et des plus illustres athlètes qui travaillèrent
à la suite à la suite d'Augustin Thierry à la
rénovation historique de notre siècle. Comme
lui, il reconnut la nécessité de recourir aux
sources, trop négligées jusque là. Comme lui,
il rapporte tout, avec une trop grande prédilection, au Tiers-État et aux communes. Mais,
tandis que Thierry représentait et dirigeait
la Gauche de l'École Historique, comme on
l'a judicieusement observé, M. Guizot con-
duisit en maître la nuance la plus modérée
et la plus sage de cette École. Il se proposa
surtout d'unir la synthèse à l'analyse, l'étude
de l'ensemble au soin curieux des détails. Il
fit plus: Non-content de faire jaillir des
flots de lumière du sein des archives et des
vieilles chroniques, il voulut que tous pus-
sent avoir ces trésors entre les mains, et
il rassembla dans un vaste arsenal les
archives anglaises et françaises. Cet exemple eut d'heureux imitateurs, qui, vers
le même temps, vulgarisaient, dans des
collections analogues, les Mémoires sur
l'Histoire de France (1); et, grâce à eux,

_____

(1) Collection des chroniques nationales par M.
Buchon. 18 24-29; — collection de Mémoires sur
l'Histoire de France par Petitot et Monmerqué, 1819-29.

nos bibliothèques furent enrichies de mille
trésors, dont jusque-là le prix était ignoré
encore. Comme Thierry, M. Guisot partagea ses labeurs
d'historien entre la France et l'Angleterre. Pendant
que le docteur Lingard écrivait son Histoire
d'Angleterre, traduite en même temps par M.
de Roujoux, et que M. Mazure publiait son
Histoire de la Révolution de 1688, d'après la
correspondance des ambassadeurs de Louis XIV en
Angleterre et en Hollande, M. Guisot relevait, au
milieu de la France de 1826, le flambeau de
l'Histoire de la Révolution Anglaise. C'était, à-
t-on dit placer à temps le fanal le plus élevé
sur le plus grand de tous les écueils. quoi qu'il en
soit, l'Angleterre, étonné de se voir mieux
connue hors d'elle que par ses propres auteurs,
sentit que sa révolution n'avait pu être enti-
èrement comprise et racontée que par la nôtre. —
Dans ses Essais sur l'Histoire de France, le même
auteur, développant avec clarté la manière dont
s'opéra la Révolution qui substitua la dynastie
Carlovingienne à la race des Mérovingiens, démontre que, dans le fait, elle doit être attribuée, non
point à la seule ambition des maires du palais,
ou à la dégénération de la race de Clovis, mais à
une nouvelle conquête, c'est-à-dire à la dépossession
d'une première peuplade de Francs par une
autre peuplade plus énergique et plus guerrière. —
Enfin, dans son Cours d'Histoire moderne, M. Guisot

avec une éloquence mêlée d'érudition et de philosophie, développait d'abord l'histoire des
anciennes institutions politiques de l'Europe
chrétienne, et des origines du gouvernement
représentatif dans les divers États de l'Europe où
il a été tenté depuis la chute de l'Empire Romain,
s'efforçant, a-t-il dit lui-même, de « faire rentrer
« la vieille France dans la mémoire et l'intelligence
« des générations nouvelles. » Quelques années après,
le professeur remontant dans sa chaire d'Histoire prenait pour sujet de son cours l'Histoire
de la civilisation en Europe depuis la chute
de l'Empire Romain jusqu'à la Révolution
Française, en même temps que le savant
Reynouard, ce Cuvier de notre philologie
nationale, publiait son histoire du droit
municipal en France sous la domination
Romaine et sous les trois dynasties. « La France,
« dit M. Guisot, est le pays le plus civilisé de
« l'Europe; » et il le prouve par les faits : Il
nous transporte jusqu'aux premières sources de
notre histoire; et, de cette hauteur, nous fait
redescendre graduellement le grand cours des
âges. Il prétend nous montrer les diverses causes
de la marche toujours progressive de la
civilisation Européenne dans l'esprit des
sociétés Romaine, Chrétienne et Barbare. Mais
ici nous pensons que, dans le développement

de cette triple thèse, il méconnaît la vérité de l'histoire, en cherchant les éléments civilisateurs là où ils ne doivent pas être puisés, savoir, le principe d'Ordre dans l'Empire Romain, le sentiment de l'Indépendance personnelle et le dévouement de l'homme à l'homme dans la Société Barbare ; enfin en se méprenant sur l'appréciation de l'influence civilisatrice du Catholicisme, comme l'a si victorieusement fait ressortir le savant Balmès, avec la gravité et la vigueur espagnoles.

Nous avons annoncé que l'École Descriptive se placerait d'elle même, bien plus cependant au point de vue de la marche des idées qu'au point de vue chronologique, entre l'École Scientifique inaugurée par M. M. Thierry et Guizot, et l'école fataliste, dont nous signalerons bientôt les principales œuvres. Mais, tandis que quelques uns des écrivains de l'École Scientifique, comme M. Guizot, se servirent de l'histoire Générale pour éclairer l'Histoire de chaque siècle en particulier, et cherchèrent à faire sortir du récit la philosophie de l'histoire, portant moins leur attention sur les questions de faits et de dates que sur les questions morales, sociales et politiques, — les écrivains de l'École Descriptive ne crurent pas que l'histoire tout occupé du récit, dût s'appliquer à discerner, sous le bruit des événements et le chodes efforts individuels, la marche générale de l'humanité, ni même faire intervenir les principes éternels de la morale dans la peinture des événements. Ils crurent enfin que, sous prétexte de discerner l'action de Dieu, on courait trop souvent risque de mutiler ou de tronquer l'action des hommes.

M. de Barante peut être considéré comme le père de l'École Historique Descriptive. Partant de données étymologiques rigoureuses (1), et reconnaissant avec M. M. Guizot et Thierry la nécessité de puiser aux Sources, il prit à la lettre cette parole d'un ancien qui eut dès-lors le retentissement d'un principe nouveau: La tâche de l'historien est de raconter, non de démontrer, scribitur ad narrandum, non ad probandum. Par suite, la représentation fidèle de la vérité est préférable à la discussion des faits; en d'autres termes, il vaut mieux peindre les caractères et les mœurs que d'en faire l'éloge ou la critique, et reproduire les événements que d'en rechercher les causes. Tel est, en peu de mots, le programme de cette école, d'après laquelle l'histoire a pris de plus en plus la forme des chroniques, et l'historien, autrefois si occupé de grouper les faits, d'en tirer la moralité ou d'en faire sortir des idées générales, s'applique à s'effacer, et laisse au lecteur, accablé de détails, à conclure

(1) Ἱστορία, information, récit.

et à choisir. Sur cette pente, on devait rencontrer une idée que le grave Président Hénault lui-même avait eue longtemps auparavant, celle de remettre pour ainsi dire, les morts debout et l'histoire en action. C'est en vain qu'on nous dit que cette méthode est plus calme que le témoignage même des contemporains, plus honnête que le système préconçu, plus raisonnable que le rêve rêvant. Non, l'histoire ne veut pas être écrite avec l'aridité d'une chronique, avec l'impassibilité d'un procès-verbal. L'historien doit être impartial, mais non indifférent; et s'il ne lui est pas permis d'altérer la vérité, il ne lui est pas défendu d'y être sensible. L'impartialité de l'histoire n'est pas celle du miroir, qui reflète seulement les objets; c'est celle du juge qui voit, qui écoute et qui prononce. La justice aussi est impartiale; mais elle condamne et elle absout. L'histoire, comme la justice, doit absoudre et condamner. L'École des cristève, au lieu de faire de l'histoire un tribunal, en a fait un théâtre: or, n'est-il pas dangereux d'abandonner le comme un des hommes au conseil de leur propre raison, et de leur laisser le soin de louer ou de blâmer les actions dont on se contente de leur présenter le tableau ?..... L'histoire, si elle est une véritable Science « et qui en doute aujourd'hui ? », est donc véritablement faite pour prouver et pour enseigner. Les anciens ne l'appelaient la dépositaire des temps que pour la rendre l'institutrice de la vie, et Polybe avait dit avec profondeur que, si elle ne cherchait pas le commun et le pourquoi des événements, elle n'était bonne qu'à amuser l'esprit, tandis qu'elle doit avoir la haute ambition d'expliquer la conduite des peuples et d'éclairer la marche du genre humain. L'historien, pour rappeler une parole célèbre, ne doit pas craindre d'insulter jusqu'à la gloire, toutes les fois que la gloire n'est pas la vertu.....

En repoussant ainsi l'application absolue du principe de l'École Descriptive, hâtons-nous de reconnaître que M. de Barante, son chef, en écrivant sous la Restauration, son Histoire des Ducs de Bourgogne, et saisissant ainsi l'occasion de remettre Froissart en honneur, retraçait avec un rare talent, une des époques de notre histoire les plus fécondes en événements remarquables; et le sujet lui-même offrait à l'auteur la pensée de développer avec tous ses avantages le plan dramatique adopté par l'historien, c'est-à-dire le caractère, la vie et les

aventures des quatre princes Bourguignons de
la maison de Valois, qui présentent tout
l'intérêt du drame et toute la variété
du roman.

Sans parler ici des ouvrages de
vraie science, dans lesquels M. M.
Pouqueville et de Choiseul-Gouffier
nous ont laissé des descriptions si
pittoresques de la Grèce, nous devons
rattacher à la même école M. Lecomte
de Sainte-Aulaire, qui, éloigné en
1823 des affaires politiques et entré
dans l'intimité de M. de Barante,
fut pris de la passion d'écrire l'histoire.
Il cherchait, dit-il lui-même, « un
« cadre restreint, une époque à la fois
« connue et incomprise, où il pût ana-
« lyser seulement l'effet et mettre en
« lumière les causes, surtout celles que
« l'expérience lui avait appris à recon-
« naître comme puissantes et éficaces
« dans les évènements du jour ..... » Il
choisit l'Histoire de la Fronde, qui,
publiée en 1827, dut son succès aux
circonstances politiques, marquées par ces
luttes malheureuses entre les Chambres
et la Royauté, que certains trouvaient
trop prépondérantes. Dans cet ouvrage,
écrit avec unité et proportion, l'auteur,

trop sévère pour le cardinal de Richelieu, et trop
indulgent pour le cardinal de Retz, a eu le
tort de ne pouvoir écrire l'histoire du
temps passé sans penser au temps présent et se
placer au point de vue de son époque. S'il
est parvenu à se méfier, au moins dans une
certaine mesure, de l'esprit de système et de parti,
il manque tout au moins, ainsi qu'il l'a reconnu
lui-même, de la couleur locale. Sans doute il a
compulsé les Mémoires contemporains, et son récit a
du mouvement et de la vie; mais ce n'est
ni la vie ni le mouvement des personnages qu'il
met en scène :

     C'est surtout par les Histoires écrites
dans le genre de celle de M. de Sainte-Aulère, qu'on
peut voir le danger et l'abus de la réforme historique accomplie dans notre siècle. Il y a un art historique qui consiste à choisir et à grouper avec
habileté les événements les plus importants, à les
faire saillir aux yeux en laissant le reste dans
l'ombre, à soutenir ainsi jusqu'au bout l'attention
par une pompe en quelque sorte théâtrale. L'antiquité nous a fourni dans ce grand art, ainsi que
dans tous les autres arts, des modèles que nous avons
assez servilement imités. Mais ce n'est pas là toute
l'histoire, ce n'en est que le corps et la surface,
le cœur et l'esprit manquent : Le cœur, c'est-à-
dire ce souffle intérieur, ces mouvements cachés
qui font battre les artères d'un peuple et circuler

le sang dans ses veines : L'esprit, c'est-à-dire la cause
intelligente et morale des événements, cette raison
suprême qui guide les nations et qui n'est autre
chose que l'action de la Providence sur elles.

Nous classerons dans une école mixte
ou de transition les ouvrages que M. de Salvandy
composait vers la même époque sous l'influence de
préoccupations analogues à celles qui avaient déterminé M. de Sainte-Aulaire, si bien que, se qu'on se
rappelle après l'avoir lu ; c'est moins encore le
roman que la partie politique. En écrivant.
Alonzo en 1823, à l'imitation des romans historiques de Walter-Scott, alors en vogue, il se
proposait de combattre les projets d'intervention
armée dans les affaires de la Péninsule, convaincu qu'on
ne ferait par là qu'y rendre la révolution plus
populaire et plus irrésistible (1). ── A peu d'années
d'intervalle, un but moral et politique fit reprendre
la plume à M. de Salvandy, pour raconter l'Histoire
de Jean Sobieski et de la Pologne : Il pensait encore
à son pays, et lui montrait les dangers de la désor-
ganisation et de la licence.

A la fin de la Restauration, l'Empire
et les exploits du grand capitaine qui avait pendant
plusieurs années dicté des lois à l'Europe, inspirèrent

(1) C'est à cette même époque que doit être rapportée
l'Histoire de la guerre de la Péninsule, que les mêmes
circonstances faisaient écrire au général Foy.

à M. de Norvins et à M. Laurent (de l'Ardèche
deux Histoires de Napoléon écrites à des
points de vue assez différents. Enfin le
Baron Bignon, répondant au vœu
exprimé dans le testament de l'Empereur
entreprenait en admirateur reconnaissant
son histoire de France sous Napoléon, qui
ne devait être achevée que huit ans après, et
où l'art de l'écrivain se joint à l'expérience
de l'homme d'État.

Nous avons tâché de faire com-
prendre qu'une pente douce et presque insensible
conduit l'historien du genre descriptif à la
méthode fataliste; et M. de Barante lui même
n'a définitivement planté son drapeau qu'en
modérant sa marche et s'écartant de la voie
qu'il avait d'abord suivie. L'esprit fataliste
s'apercevait, en effet, dans son Tableau de la
Littérature Française pendant le XVIII ème siècle
publié en 1809, et où l'auteur, après avoir
reconnu l'influence immédiate de la société
sur les Lettres, mais non celle des Lettres sur la
Société, avait voulu disculper la littérature
et la philosophie du dernier siècle, du
reproche d'avoir enfanté ou du moins d'avoir
disposé les opinions et les évènements qui ame-
nèrent la Révolution Française et avec elle les
affreux désordres qui l'ont accompagnée dans sa
course, dûs, d'après notre historien, à u des causes

universelles et nécessaires."

L'Histoire de Cromwell, publiée
en 1819 d'après les Mémoires du temps et les
Recueils parlementaires par M. Villemain
à peine âgé de 28 ans, nous semble côtoyer
l'abîme du Fatalisme. L'esprit naturellement judicieux et modéré du jeune écrivain
se laissa séduire par ce système d'impartialité
historique que nous avons cru devoir combattre
et répudier; et c'est à cela qu'il faut attribuer
le défaut de couleurs et d'énergie qu'on a
remarqué dans plusieurs de ses tableaux,
défaut racheté, il faut le dire, par des traits
spirituels et des réflexions profondes, par des
portraits hardiment dessinés et par des récits
pleins de mouvement. Peu d'années après, M.
Villemain faisait paraître son étude dramatique sur Lascaris, ou les Grecs du XVème siècle.

Nous arrivons ainsi aux re-
présentants de l'École Dualiste ou Fataliste. "Placer
"la Fatalité dans l'Histoire, écrivait
"Châteaubriand, c'est se débarrasser de la peine de
"penser, s'épargner l'embarras de rechercher la
"cause des événements. Il y a bien autrement de
"puissance à montrer comment la déviation des
"principes de la morale et de la justice a produit
"des malheurs......"

Le Dualisme sert de base aux
ouvrages de M. M. Thiers et Mignet, qu'une
louange exagérée a appelés l'un le Tite-Live

Tite-Live, l'autre le Tacite du XIXème siècle. —

En condensant dans deux volumes
le récit des principaux évènements de la Révolution
Française, M. Mignet a su mettre en relief ce qui
doit fixer l'attention, et résumer avec ordre et
rapidité les évènements les plus compliqués. Mais
si l'on cherche à saisir la pensée qui plane au-
dessus de l'ouvrage, on n'aura pas de peine à démêler
dans la doctrine de l'historien et de ses disciples les
principes suivants : « Les évènements de la Révolution
ne furent prémédités par personne ; ils éclatèrent
comme le volcan au jour marqué par l'éruption.
Le génie du XVIIIème siècle avait fécondé la pensée
des peuples ; et, comme un germe déposé dans un
sol vivifiant, la liberté sortit de nos tourmentes, la
France l'allaita de son sang, et la fit grandir au
bruit de nos victoires ..... » Oui, sans doute, ce serait
une grave erreur d'imputer les excès de quelques hommes égarés à un peuple tout entier ; mais est-il moral
de dire, comme l'a fait M. de Pongerville, que ce
sont les fondements qui d'eux-mêmes abandon-
nent l'édifice, et non plus les volontés humaines
qui renversent l'ordre antique ? N'est-ce pas là
« supposer une marche prévue, une irrévocable
« prédestination dans les évènements et dans
« les hommes, en un mot une tyrannique fata-
« lité, fantôme à qui notre faiblesse impute
« les faits dont elle ne comprend pas les causes ;
« fatalité qui accablerait aveuglément sous son
« niveau d'airain la stupidité et le génie, la sagesse

« et le vice, l'ordre et l'anarchie, et ferait de l'homme
« un vil instrument indigne d'éloge, de blâme ou de
« pitié (1).... » Malheur aux vaincus ! telle est en
deux mots la conclusion des historiens de l'École
Fataliste, et en particulier de M. Mignet, que la
Revue des Deux-Mondes elle-même n'a pas craint
d'appeler un « semi-apologiste de la terreur (2) ».

    M. Thiers appliqua les mêmes
principes à l'exécution d'un plan beaucoup plus vaste,
et suivit la même voie en traitant le même sujet.
Comme à son ami, il eût été bon de lui rappeler cette
magnifique sentence de Royer-Collard : « Les crimes
de la Révolution n'étaient pas nécessaires ; ils ont
été l'obstacle, et non le moyen. » L'histoire de la
Révolution, que M. Thiers affirme avoir écrite « sans
haine, sans passion, avec un vif amour pour la
grandeur de son pays, » a fait oublier celle de
Lacretelle, très-inférieure, il est vrai sous le rapport
de la profondeur en matière politique et de
finances, mais qui l'emporte par l'élégance du
style et par les opinions plus monarchiques.

    L'ouvrage de M. Thiers fut une
puissante machine de guerre contre la Restauration. L'esprit de la Révolution dont la
Restauration avait pour mission de combattre, sinon

_____

(1) Réponse de M. de Pongerville à M. Mignet, le
    25 mai 1837.
(2) Livraison du 15 mai 1837.

les intérêts, au moins les principes et les tendances,
semblait incarner dans cet historien. Jamais
un fils tendre et respectueux n'étendit avec plus
d'adresse et de soin le manteau de Japhet sur un
père coupable que M. Thiers ne le fit sur les auteurs
et les fauteurs de ce drame sanglant. Jamais la
haine à l'ancien régime et de tout ce qui pouvait en subsister encore n'a été distillée avec
plus de perfidie et d'habileté que dans ces volumes,
où l'accusation était implicitement liée à
l'apologie. Cet ouvrage porta ses fruits : Deux ans
après la publication du dernier volume, la génération qui s'en était nourrie renversait la dynastie
que la Contre-Révolution avait ramenée en
France.

  Du reste, c'est ici le moment d'observer
que, sous la Restauration, les écrivains de
l'École Monarchique, s'ils s'élevèrent à une
grande hauteur dans les régions de la philosophie, laissèrent libre aux autres Écoles le champ
de l'Histoire, et l'on peut dire que l'histoire,
sous la Restauration, fut écrite par l'opposition.
Nous ne parlons pas de la grande liberté qui
fut donnée sous les rois Louis XVIII et Charles
X, pour l'impression et la propagation si
désastreuses des livres Révolutionnaires, irréligieux
et immoraux, ni des 40 éditions des Œuvres de
Voltaire publiées de 1817 à 1820, alors qu'il

n'en avait pas été fait une seule pendant la
période consulaire ou impériale. Nous ne
voulons que faire en passant l'application de cette
réflexion aux historiens qui figurent dans notre
tableau. On l'a déjà vu par le caractère des
ouvrages de Mme de Staël, de M. M de
Sismondi, Dulaure, augustin Thierry et
Thiers. Ce dernier achevait en 1828 son Histoire
de la Révolution, en même temps que
paraissaient l'Histoire de la Révolution
d'Angleterre par M Guizot, l'Histoire de la
Pologne, de M. de Salvandy et l'Histoire
de la Fronde de M. de Sainte-Aulaire.
Le Premier volume avait paru cinq ans
auparavant, pendant que le vicomte Walsh
opposaient ses Lettres Vendéennes au livre
en fielé que Dulaure donnait sous le titre
d'Esquisses Historiques des principaux évènements de la Révolution Française. Enfin,
si nous remontons plus haut, nous verrons
ce dernier auteur lancer en 1815, l'année même
de la seconde Restauration, un odieux
pamphlet où il prétend étudier les Causes
Secrètes des excès de la Révolution en réunis-
sant des témoignages tendant à prouver
que la famille des Bourbons et les chefs de
l'émigration étaient les instigateurs de la
mort de Louis XVI.... Vers le même temps

étaient hérités les scandaleux Mémoires de
Bézenval et de Mme Dujincy. En 1822,
on publiait ceux du duc de Lauzun, si
calomnieux pour Marie-Antoinette. Heu
reusement que la même année voyait paraî
tre ceux de Mme Campan où se dessinait
dans son vrai jour la Royale figure de cette
princesse infortunée.

Il est temps de passer en revue
les principaux historiens de l'École Catho
lique dans cette première période du XIX ème
siècle.

Lorsque M. Cousin a dit que les
trois derniers siècles semblaient avoir eu
un seul tout, avoir été dominés par une
seule idée, la destruction du Moyen âge,
ou pour mieux dire, de la société Chrétienne,
il a dit une grande vérité, et n'a fait que
donner raison au comte de Maistre, déclarant
que, depuis la Réforme Luthérienne et
Calviniste jusqu'à l'entrée du XIX ème
siècle, l'histoire ne fut qu'une vaste conspiration de l'erreur contre la vérité. En
attaquant l'autorité de l'Église, Luther
avait mis la cognée à la racine de l'arbre;
et depuis, il n'y a pas eu de relâches dans
ce travail de destruction. C'est surtout
visible dans les tendances de nos historiens. Mais, ne le dissimulons pas, tandisque,

pendant ce long espace de temps, l'histoire s'était mise au service de l'incrédulité et de l'hérésie, qui l'exploitait à leur profit, notre époque a heureusement quitté la fausse route que la science avait trop longtemps suivie; et les écoles hostiles elles-mêmes ont tendu la main, sans le vouloir peut-être, aux défenseurs de l'antique église et de l'ordre social, qui ont recueilli d'immenses bienfaits de cette tendance de notre époque vers les recherches et l'érudition. Les Catholiques, s'ils n'ont pas seuls ouvert la voie vers cette renaissance historique dont ils devaient profiter, y sont résolument entrés, et se sont approprié de vastes portions du territoire exploré d'abord par des pionniers qui marchaient en avant sans savoir où ils devaient aboutir.

Au seuil du siècle, nous voyons se dresser le géant de notre littérature, le roi des intelligences de son temps, celui que la poésie et l'Histoire revendiquent avec orgueil, Châteaubriand. Cinq ans s'étaient écoulés depuis que le jeune émigré, ému par les malheurs de sa patrie, avait publié, dans les amertumes et la mélancolie de l'exil, son Essai sur les Révolutions, livre étrange dont le sujet écrasait la jeunesse de l'auteur, et où les premières lueurs des bouleversements politiques donnaient aux idées

impétueuses de l'écrivain une couleur sceptique qui
devait être brillamment et solennellement effacé
par le Génie du Christianisme. Le jour même
où la France célébrait la restauration du
culte Catholique, le moniteur annonçait la
publication de cet ouvrage immortel. c'était,
après Voltaire, l'éclatante réparation faite par
l'esprit Français à la civilisation chrétienne.
A ce titre, ce chef-d'œuvre de raison, de sentiment,
de courage et de poésie appartient à l'histoire, et
nous croyons d'autant plus convenable de
saluer la Providentielle apparition de ce livre
au début de notre première période historique,
que nous verrons le même écrivain inaugurer
la seconde période avec une gloire non moins
éclatante par la publication des Etudes historiques, qui ne seront en 1831 qu'une brillante
application à l'histoire de l'éloquente apologie
et de la poétique épopée de 1802. Dès à
présent, Châteaubriand montre qu'au lieu
d'accuser l'Église de retenir les peuples dans l'i-
gnorance et la barbarie, c'est, au contraire, à
sa doctrine sainte et à ses institutions que
le monde est redevable, non-seulement de
tous les bienfaits de la civilisation moderne, mais
encore de tous les progrès dans les arts et dans
les sciences. En relevant ainsi la croix sur toutes
les avenues de l'esprit humain où elle avait été
abattue par le fanatisme du XVIII ème siècle,

Chateaubriand fit entrevoir, dans le Génie du
Christianisme, qu'à l'ombre de nos vieilles
cathédrales avaient pu fleurir aussi quelque
philosophie, quelque littérature, quelque poésie.
Certes, c'était une opinion osée, au moment où
l'imitation de Rome antique se perpétuait par
la résurrection de la pourpre impériale, et où
la révolution, épuisée par ses propres ci
allait, pour dernier effort, enfanter le
despotisme qui devait l'enchaîner. La
curiosité fut excitée : on se retourna en arrière,
et l'on n'eut pas de peine à reconnaître que
tout art et toute sagesse ne dataient point
de l'an premier de la République Française.
Chateaubriand eut des imitateurs, il eut
des continuateurs, qui à leur tour, s'avancè
rent davantage, et finirent par le laisser en
arrière. Et c'est ainsi que s'opéra la grande
renaissance historique, littéraire et religieuse
de notre siècle, dont le promoteur est aujourd'hui
si effacé. Les torts de Chateaubriand, quels
qu'ils soient, ne lui ôteront point ce mérite.
Son auréole a pâli parce que le soleil est monté
à l'horizon : Mais on doit, pour le juger,
se rappeler le moment où il apparut, et le
mettre en regard des hommes et des choses qui
l'entouraient.

La même année (1802), le comte
Ferrand dans son Esprit de l'Histoire,

ou Lettres Politiques et morales d'un père à
son fils sur la manière d'étudier l'histoire,
interrogeait les annales de tous les peuples,
pour déposer du danger des bouleversements
politiques et pour révéler les moyens propres
à en réparer les maux, ainsi qu'à en empêcher
le retour. Ce livre fut regardé par les uns comme
leur acte d'accusation, par les autres comme
une boussole dans la crise dernière et décisive
qui pouvait faire renaître ou anéantir à
jamais la monarchie. Mais l'esprit dans
lequel il était écrit ne pouvait manquer d'atti-
rer sur l'auteur la persécution d'un gouvernement nouveau, et par conséquent ombrageux.
Nul n'a le droit de vouloir une révolution.
Telle était la maxime qui avait servi de
guide et de phare à l'historien. D'autre part,
il demeurait convaincu qu'une usurpation ne
remédie que temporairement aux calamités
causées par le renversement de l'autorité légitime,
que, tôt ou tard, elle est renversée elle même par
une usurpation nouvelle, qui succombe sous
une autre à son tour, et que le rétablissement
du Pouvoir ancien peut seul mettre un terme
à cette suite de catastrophes sanglantes qui
s'engendrent les unes les autres. Dans l'Esprit
de l'Histoire, cette vérité sortait comme
conséquence de l'exposition des faits. Dans
un nouveau travail médité pendant dix

ans dans le calme de la retraite et qui eut
pour titre Théorie des Révolutions, l'auteur
voulut la démontrer par des raisonnements
et par des faits venant à l'appui. On le voit,
la nature du premier ouvrage avait ramené son
auteur sur des faits qui devaient lui indiquer
le second. Mais, tandis que l'Esprit de l'Histoire
avait précédé d'une année l'avènement de
l'Empire, qui semblait vouloir donner un
démenti à tous ses résultats, la Théorie des
Révolutions, plus heureuse, parut presque
immédiatement après la Restauration, qui
venait de donner une nouvelle sanction à tous
ses principes.

Dès 1801, Beaulieu avait com-
mencé à publier ses Essais historiques sur les
Causes et les effets de la Révolution Française,
ouvrage écrit avec une remarquable impartialité et certainement l'un des meilleurs
que l'on puisse consulter pour l'histoire des
dernières années du XVIIIème siècle. Témoin de
la plupart des événements qu'il raconte,
Beaulieu, en jugeant les principaux acteurs
de ce grand drame, fait la part des circonstances où ils se sont trouvés; et, sans affaiblir
leurs torts, montre que la plupart sont encore
plus à plaindre qu'à blâmer.

Pendant ce temps, le vicomte de
Bonald, insensible aux sarcasmes de Chénier

et de ses autres adversaires, poursuivait avec
persévérance la sainte croisade qu'il avait
entreprise pour le rétablissement des vrais
principes sociaux. Peu d'années s'étaient écoulé
depuis que ce philosophe, exilé loin de sa
patrie, avait publié sa célèbre théorie du
pouvoir, lorsque, en 1802, parut sa
législation primitive, où il voulut planter
les jalons qui doivent diriger le législateur,
poser le principe d'où il doit partir et montrer
le phare qui doit le guider. On comprend
dès lors comment le nom de Bonald appartient, non-seulement à la philosophie et
à la politique, mais aussi à l'histoire:
Son principe que la souveraineté est en
Dieu premier législateur ne fait-il pas
revivre Saint Augustin et Bossuet? D'ailleurs
ne faisait-il pas encore, quelques années après,
une nouvelle et utile excursion dans le
domaine de l'Histoire en publiant ses
Réflexions sur l'intérêt général de l'Europe
où, après avoir établi que l'Europe avait
besoin et soif non-seulement de Paix, mais
d'Ordre, c'est-à-dire d'une constitution
définitive, il déclare que les deux bases
sur lesquelles cet ordre peut reposer sont la
Religion et la Monarchie par la
Prépondérance politique de la France, et
l'affermissement de la Puissance du
Saint-Siège: « C'est de là, dit-il, qu'est venue

« la lumière, c'est de là encore que viendraient
« l'ordre et la paix des Esprits et des cœurs. » Grande
et solennelle leçon, trop facilement méconnue
et trop souvent oubliée ! . . . . . .

On remarquera que ce fut dans les
années 1796 et 1797, que les trois grands
athlètes de la cause Chrétienne et monarchique dans notre siècle avaient publié dans
l'éloignement de leur patrie, trois livres
qui avaient plus d'un rapport, Chateaubriand
son Essai sur les Révolutions, Bonald sa
Théorie du Pouvoir, et de Maistre les
Considérations sur la France.

Ce dernier auteur, après avoir,
dans cet ouvrage, dévoilé prophétiquement
l'avenir, et indiqué aux hommes les moyens
de le rendre meilleur publiait, en 1810 à
Saint-Pétersbourg et en 1814 à Paris, l'Essai
sur le principe générateur des constitutions
politiques et des autres institutions humaines,
livre admirable, qui fait suite aux
Considérations, dont il est le développement
et dont il généralise les idées fondamenta-
les ; livre d'or, comme le proclamait M.
de Bonald, qui en fut l'éditeur en France.

Le Vicomte de Bonald et le
comte de Maistre ! deux noms à jamais
mémorables dans notre siècle et qui produisi-
rent une réaction nécessaire, tous deux catholiques,

et contre Révolutionnaires, mais l'un appelant le passé, l'autre tournant sa face vers l'avenir. Le premier, en haine de la démocratie révolutionnaire, s'appuyant sur une certaine analogie entre les diverses formes politiques que le Protestantisme révélait assez généralement dans l'ordre gouvernemental, et les formes de ses doctrines religieuses exprimées par les constitutions de ses Églises, cherchait à identifier la cause de l'Église Catholique avec celle de la monarchie absolue, et se retranchait dans la monarchie de Louis XIV. Le second, fermement convaincu qu'on ne pouvait rien faire en Europe sans la France, en France sans le clergé Catholique, avec le clergé catholique en France, sans le placer vis-à-vis du Saint-Siège, réhabilitait l'Église du moyen-âge et remettait à l'ordre du jour le Génie de la Papauté, en publiant en 1820 son fameux livre Du Pape, glaive à deux tranchants, qui glorifie la Papauté devant la philosophie sceptique ou les communions schismatiques, et devant les maximes posées dans la trop fameuse Déclaration de 1682.

C'est pour prêter le secours de leurs lumières et de leur plume à l'École Catholique, que M. Michaud, le cardinal de Bausset et l'abbé Proyart, entreprirent de dissiper les ombres et les préventions qui

cachaient la gr... physionomie et le vrai caractère
d'évènements et de personnages condamnés depuis long-temps
à être méconnus ou calomniés. — Les Croisades, Bossuet
et Fénelon, Louis XVI, c'étaient trois sujets qu'il importait
de traiter à la fois du calme et de l'érudition vers
lesquels on se sentait poussé.

Voltaire, et après lui les historiens de l'Angleterre
et quelques écrivains français, n'avaient vu la grande
époque des croisades qu'à travers les préjugés d'une philosophie
sceptique et railleuse. Pour eux, les Croisades n'avaient
été qu'un misérable effet de l'ambition des Papes,
comme les guerres Protestantes n'étaient, aux yeux de
Roederer, que des guerres d'ambition suscitées par la
noblesse française; et l'auteur de l'Épître à Éléonore
n'a pas craint de dire que le poème du Tasse
avait été le résultat le plus clair de ces grandes
expéditions catholiques. Michaud entreprit de reproduire
dans son Vrai jour le mouvement de ces guerres saintes
qu'il montre au triple point de vue social, moral et
politique. En jugeant ces temps anciens suivant leurs
idées, leurs mœurs et leurs besoins, en peignant sous
nos yeux ces hommes dont le nom a été consacré par
la poésie comme par l'histoire, Godefroy de Bouillon,
Tancrède, Richard Cœur-de-Lion, saint Louis, il est le
premier qui ait fait aimer les âges héroïques et poétiques
de notre patrie, et les gloires immortelles de cette Chevalerie
qui n'était tant raillée que parce qu'elle n'était pas
connue; enfin, il a su nous montrer l'origine, à

développement et toutes les phases successives de
l'esprit religieux et politique de l'Europe, en
décrivant comment les croisades, commencées par
la religion, se continuèrent par la politique.
Oui, nous pouvons le dire avec M. Flourens,
c'est de l'histoire des Croisades que datent, et
cette réaction profonde qui a rendu à l'histoire
toute sa vérité, et ces grands travaux historiques
qui font la gloire de notre siècle.

« Écrire l'histoire de deux grands
« hommes contemporains, également célèbre
« dans le même genre, unis d'abord, puis divisés
« avec éclat, et, sans jamais se contredire,
« les faire tous deux chérir et respecter au même
« degré, était un effort que Plutarque lui-même
« n'osa pas tenter (1). » C'est cependant ce qu'avait
entrepris le cardinal de Bausset à qui s'adressaient
ces éloges tracés par une plume auguste et
royale. Faire revivre sous leurs couleurs
intellectuelles et morales les deux grandes
figures de Bossuet et de Fénelon était
une noble et utile pensée à une époque où
une certaine presse n'avait pas assez
d'admiration pour Fénelon, l'ennemi
du despotisme et d'anathème contre
Bossuet, l'auteur de la politique sacrée
et le défenseur du droit divin du souverain.
L'Histoire de Fénelon parut trois ans avant
le concile national de 1811, et l'histoire de

(1) Lettre du roi Louis XVIII au Cardinal de Bausset.

de Bossuet trois ans après la tenue de cette assemblée. Dans le premier ouvrage, on retrouve tout entier cet aimable Fénelon dans une image dont les couleurs semblent quelquefois lui avoir été empruntées à lui-même. Trois époques principales en liant l'histoire de Fénelon aux grands intérêts des peuples, de l'humanité et de la religion, lui impriment un caractère d'élévation et d'importance qu'on trouve bien rarement dans une histoire particulière : L'éducation du Duc de Bourgogne ; la lutte mémorable dont l'issue fut la victoire de Bossuet et la défaite de Fénelon, qui, courbant docilement la tête sous la main de l'Église Romaine, trouva plus de gloire dans son humiliation que Bossuet dans son triomphe, enfin, la disgrâce qui suivit cette lutte, et ce long exil honoré par tant de vertus et de grandeur d'âme. — Dans Bossuet, l'auteur nous montre successivement ou simultanément l'orateur et l'historien sublime, l'athlète vigilant et infatigable de la foi, l'arbitre des intérêts de la religion et de la politique, le polémiste ardent et dominateur.

Après avoir esquissé, dans les années qui précédèrent la terreur, la vie du Dauphin, du roi Stanislas, de la reine Marie Leczinska et de Madame Louise de France, l'abbé Proyart crut qu'il était temps de faire poser le Roi-Martyr devant les fils de la révolution.

L'auteur, il est vrai l'églige le côté politique de
son sujet ; mais son livre est excellent sous le
rapport moral et religieux ; car il a pour but
de faire surtout connaître Louis XVI et ses vertus
aux prises avec la perversité de son siècle. Ce livre,
qui fut alors une œuvre de courage et de haute
moralité, avait besoin d'être rajeunie : nous verrons
comment des écrivains plus modernes traiteront
le même sujet dans la seconde période historique
de notre siècle.

     Sous la Restauration, on vit un
jeune avocat, sans négliger ses devoirs pro-
fessionnels, suivre avec passion la carrière
de publiciste et d'érudit, et publier d'excellents travaux sur le moyen-âge. Nous
voulons parler du comte Beugnot, qui,
bien avant de se montrer dans nos Assemblées
l'ardent défenseur de toutes les libertés religieuses,
étudiait et appréciait les institutions de saint
Louis dans un livre où la sagacité et une
longue patience dans les recherches se réunissaient
à une attachante originalité et à une rare érudition. Bientôt, le même auteur publia un
travail non moins curieux et non moins
original sur l'État civil, le commerce et la
littérature des Juifs en France, en Espagne
et en Italie pendant le Moyen-Age. Enfin,
comme l'historien n'avait point étouffé le
jurisconsulte, le comte Beugnot, voulant
faire pour la France ce qu'Hoffman,
Hæntzel et quelques autres avaient fait pour

l'Allemagne, publiait en 1828 un ouvrage
sur les Cérémonies symboliques usitées dans
l'ancienne Jurisprudence française, études
abstraites et minutieuses, auxquelles on
s'étonne qu'un esprit aussi vif que le sien
ait pu s'attacher et se complaire. Mais ce
ne sont là que les œuvres de la jeunesse du
savant académicien : ses grands travaux
historiques appartiennent à la seconde période
du XIX ème siècle.

　　　　Ces vigoureux athlètes de la vraie
Science, généreusement mise au service de la foi,
étaient nécessaires à une époque dont l'irréligion
et le scepticisme cherchaient à tout railler,
à tout souiller et à tout détruire. Mais
on en vit surgir d'autres encore. Pendant
que Cuvier, voulant prémunir la jeunesse
contre la philosophie dogmatique qui tendait
à dominer les sciences en France, traçait
l'histoire des Sciences naturelles en prenant
pour guide la seule vraie méthode, celle de
l'observation et de l'expérience, et se livrait
à ces immortelles recherches dont le résultat
venait confirmer nos traditions religieuses et
la chronologie biblique ; lorsque, à la voix
de ce savant illustre, la terre semblait ouvrir
son sein et montrer les monuments imprescrip-
tibles de son histoire aux regards des peuples
dont on invoquait l'antique autorité pour

donner un démenti au législateur des
Hébreux, — Champollion, lui, en
appelait au témoignage de l'Egypte : A peine
âgé de 24 ans, au moment même où les
Bourbons remontaient sur le trône de
France, il prenait en quelque sorte possession
du pays des Sésostris en publiant son
Egypte sous les Pharaons, merveilleux
chef-d'œuvre d'histoire géographique, épigra-
phique et archéologique, où l'on regrette
que le naturalisme scientifique affaiblisse
quelquefois la haute portée des vues qui
devaient dominer dans un semblable travail.
Mais le jeune savant ne put se contenter
de reconstituer l'antique Egypte par une
espèce de divination, à l'aide des monuments :
Aux doctes résultats de la science il manquait
une autorité, le témoignage de l'Egypte
elle-même..... et ici, les témoignages
n'avaient pas été engloutis par une éruption
ou mis en cendres par un incendie : Ils
existaient. Temples et Hypogées, palais
et tombeaux, statues et momies, pyramides,
obélisques, sarcophages, pylones, simples
vases, tout est couvert d'inscriptions. Le 1ᵉʳ
les yeux toujours fixés sur ces signes que
vingt siècles avaient contemplés sans les
comprendre, sur ces immenses papyrus enfouis

dans le musée de Turin comme dans le columbarium de l'histoire, Champollion retrouve les Archives de l'Egypte, lit ses Annales jusqu'alors impénétrables, traduit tous ses mystérieux hiéroglyphes, et, accourant à Rome des bords de la Scène, il apparaît comme un nouvel Œdipe destiné à déchiffrer les écritures des Sphynx que la capitale du monde chrétien avait reçus des bords du Nil; et ainsi, cet infatigable savant, que la France devait perdre à 39 ans, faisait désormais connaître et revivre l'antique Egypte au point de vue de l'histoire, et même au profit de la philosophie, de la théologie et de l'art. Les disciples de Champollion continueront plus tard ses travaux.

Dans une autre sphère, mais avec une égale érudition, et des vues analogues, le marquis de Pastoret entreprenait des travaux non moins remarquables, en commençant en 1817 l'immense ouvrage qui fut l'œuvre de sa vie, l'histoire générale de la législation des anciens peuples. Jeune homme à peine admis dans la magistrature, il avait conçu le projet de ce grand ouvrage, il le suivit dans toutes les phases d'une vie orageuse et la terre d'exil l'en vit occupé aussi bien que la royale demeure où il

confiance des souverains l'avait placé. Il passe
en revue toutes les législations de l'antiquité,
dans cette magnifique galerie où s'élèvent
successivement à nos yeux les législations
des Assyriens et des Babyloniens, des Syriens
et des Phéniciens, des Égyptiens et des
Hébreux ; des Crétois et des Lacédémoniens
des Athéniens et du reste de la Grèce, des
Perses et des peuples de l'Asie-Mineure, des
Carthaginois et des Marseillais, des Siciliens
et des Étrusques. L'auteur s'arrête au Droit
Romain, parce que là commence la législation moderne, Rome ayant continué de
régner par ses lois lorsque, depuis longtemps,
avait cessé le règne de ses armes et de
sa politique. Pastoret, dans son ouvrage,
véritable encyclopédie législative, n'a voulu
être que l'historien de ses lois dont Montesquieu
aspirait à être le philosophe, et où, mieux
que le philosophe, il a réussi à en pénétrer
le sens et l'esprit, en laissant les systèmes
et les préjugés anti-chrétiens pour ne
suivre que les faits et la lumière de la foi.
          Ceci nous conduit aux
travaux que cette première période vit
éclore sur l'histoire littéraire ou philosophique.
          L'ouvrage monumental connu
sous le nom d'Histoire Littéraire de la
France, arrivé au tome 12ᵉ et au

XIIème Siècle, grâce à l'active tradition de Dom Rivet et Dom Clément, était resté interrompu durant près de 50 ans, lorsque l'Institut le reprit sous l'Empire. Un Bénédictin survivant, qui avait hérité des traditions et de la méthode, Dom Brial, devenu académicien, fut le lien entre les anciens et les nouveaux rédacteurs. C'est alors qu'on vit se grouper, à côté et à la suite de Dom Brial, Ginguené, le marquis de Pastoret, Daunou, et plus tard Fauriel, Naudet et Leclerc, dont la plupart aidèrent encore Dom Brial dans la continuation du riche Recueil de nos historiens nationaux, entrepris d'abord par Dom Bouquet, et continué depuis par Dom Clément, pour être repris plus tard par M.M. de Wailley, Guigniot et plusieurs autres.

   Dès 1811, Ginguené, le même qui n'avait pu pardonner à Chateaubriand son retour au Christianisme, commençait à publier une histoire littéraire de l'Italie, son meilleur ouvrage, qui ne devait être achevé qu'après sa mort; L'année suivante, était publiée la Correspondance littéraire, philosophique et critique de Grimm, trop mêlé à la faction encyclopédique pour être indépendant dans ses jugements. Quelques années plus tard, Voltaire, le coryphée de ce XVIIIème siècle, eut dans

M. Paillet de Warcy un historien impartial.
Le baron Henrion, dans son Histoire littéraire
de la France au Moyen-Âge, montrait les Papes
et les Évêques présidant à l'œuvre de notre
civilisation. Fénelon et les affaires religieuses du
Grand règne revivaient aux yeux de la postérité
dans des Lettres récemment découvertes de
l'archevêque de Cambrai, et le Cardinal Mai
révélait au monde savant des œuvres jusqu'alors
inconnues des anciens auteurs de la Grèce ou
de Rome, Dion Cassius, Denis d'Halycarnasse,
Plaute, Cicéron et plusieurs autres. M. Villemain,
qui s'aidait d'un de ces nouveaux manuscrits pour
traduire la République de Cicéron, donnait, à la fin
de la Restauration, de célèbres leçons sur l'histoire
littéraire du XVIIIème siècle, comme pour continuer,
sur un plan différent et avec une autorité plus haute,
l'œuvre critique de Laharpe, dont la fin avait été
publiée dans les premières années de ce siècle. En
même temps, M. Cousin traçait à grands traits
et dans un style brillant, sous prétexte d'Introduction à l'histoire de la philosophie, le tableau
des destinées universelles de l'humanité, embrassant
ou prétendant embrasser les idées et les faits, les sciences
et les arts, les philosophies et les religions, la civilisation et la politique, en un mot, le passé, le
présent et l'avenir de l'homme. Enfin, M. de
Gérando écrivait, de son côté, l'Histoire de la
philosophie moderne à partir de la renaissance

des Lettres jusqu'à la fin du XVIIIème siècle; et M. Damiron préludait à ses travaux sur l'Histoire de la philosophie, par un Essai dont les erreurs ont leur première source dans une fausse notion de la foi et de la science, qu'il dénaturait l'une et l'autre, parce qu'il ne comprenait, ce semble, ni leur distinction ni leurs rapports.

Les Mémoires Historiques revendiquent une place importante dans la littérature du XIXe siècle, dont la seconde période sera surtout féconde en publications de ce genre. De 1800 à 1820, Monseigneur Jauffret publiait ses Mémoires pour servir à l'Histoire Ecclésiastique de France. En 1818, on voyait paraître les Mémoires posthumes et la correspondance inédite de Francklin; En 1821, les Mémoires posthumes, assez insignifiants de l'abbé Morellet; en 1823, Las Cases livrait à la publicité le Mémorial de Sainte-Hélène; en 1824, Thibaudeau, par la publication de ses mémoires sur la Convention et le Directoire, justifiait ce que nous avons dit de la liberté laissée sous la Restauration aux historiens de l'opposition. L'année suivante, Mme de Genlis ne reculait ni devant la médisance ni devant le scandale, en publiant des Mémoires, où l'on voyait une femme octogénaire chercher à amuser la malignité publique et à conquérir des souscripteurs aux dépens de toute considération pour elle comme pour les autres.

(83)

Le roman historique avait été cultivé par
cette même femme, qui, dès les premières années du
siècle, avait donné successivement Melle de Clermont,
la Duchesse de La Gallière et Mme de Maintenon.
Plus tard, le vicomte Walsh, dans Gilles de Bretagne,
racontait une effrayante chronique du XVème
siècle, à laquelle il savait donner la couleur dramatique du roman en lui conservant l'intérêt et
la fidélité de l'histoire. Alfred de Vigny, laissant
un moment reposer la Muse de la poésie, écrivait
Cinq-Mars, où l'on a reproché à l'auteur, qui
déclare lui-même avoir pris pour drapeau: la
Vérité dans l'Art, d'avoir faussé l'histoire
et d'avoir exalté le conspirateur aux dépens de
Richelieu. Le même reproche d'abus du dramatique et d'exagération des caractères peut être
adressé à M. Mérimée pour les romans historiques
qui sortirent de sa plume à la même époque:
nous voulons parler de La Jacquerie, et des
Scènes du temps de Charles IX.

La rénovation historique s'était opérée lorsque la France vit éclater la révolution de 1830. Elle n'avait donc qu'à poursuivre son œuvre ; et, disons-le, les ouvriers de cette restauration ne faillirent pas à leur tâche pendant cette seconde période, qui, en continuant l'impulsion, devait voir les études historiques briller d'un éclat plus vif et plus varié. Malheureusement, le triomphe de l'impiété et des idées révolutionnaires, vint enhardir et exciter les historiens qui se rattachaient à l'École progressiste ou rationaliste, et qui, sans cela, eussent dû peut-être rendre foi et hommage aux courageux tenants de l'École Catholique. Mais celle-ci avait eu le tort de négliger ses avantages, en refusant de profiter de sa position et de l'influence qu'elle eût pu exercer sur son époque et sur les événements eux-mêmes : Au lieu de descendre dans le domaine pratique des faits, elle demeura trop souvent dans les spéculations de la philosophie et de la morale sociale. Rendons toutefois cette justice à l'École Catholique : Dès que ses représentants s'aperçurent du terrain gagné par leurs adversaires, déjà puissants sous la Restauration et devenus encore bien plus puissants après la catastrophe de 1830, elle redoubla d'efforts et de zèle pour diriger l'esprit politique et littéraire de la nation,

particulièrement en imprimant un mouvement
salutaire à l'Étude et à l'Enseignement de l'histoire.

Analysons donc et parcourons d'abord
les travaux de cette école, par laquelle nous avons
terminé notre rapide aperçu sur la première période.
Il nous paraît d'ailleurs plus logique et plus conforme
aux règles de l'art, puisque nous traçons l'esquisse
d'un tableau, de placer au centre de ce tableau les
personnages et les points de vue, qui, par leur intérêt
et leurs dimensions, revendiquent une plus grande
importance et sont de nature à reposer plus
agréablement nos regards. Les points de vue particuliers adoptés par les Écoles opposées formeront, avec
leurs personnages, les coins, parfois hors de proportion
et plus ou moins obscurs de ce tableau d'ensemble.

Au début de cette période, nous
retrouvons Chateaubriand, qui l'ouvre brillamment
au point de vue de l'histoire, comme il a inauguré
toute la littérature du XIX ème siècle. Il nous est
glorieux de saluer, dès 1831, le livre célèbre des
Études Historiques, comme nous avons salué en 1802
l'apparition du Génie du Christianisme, en même
temps que le comte Ferrand nous donnait son
beau livre sur l'Esprit de l'Histoire. C'est ainsi
que les deux périodes s'ouvrent par des ouvrages
qui tendent à élever l'histoire à sa véritable hauteur
en moralisant ses enseignements.

Le grand écrivain, faisant ses adieux

à la Muse, compagne de sa jeunesse, avait dit, en déposant la lyre sur laquelle il avait chanté le martyre de D'Eudore et de Cymodocée " O Muse, qui daignas " me soutenir dans une carrière aussi longue que périlleuse, " retourne maintenant aux célestes demeures! J'aperçois " les bornes de la course; je vais descendre du char, et " pour chanter l'hymne des morts, je n'ai plus besoin de " ton secours..... Fidèle compagne de ma vie, en remon_ " tant dans les cieux, laisse-moi l'indépendance et la " vertu. Qu'elles viennent, ces Vierges austères, qu'elles " viennent fermer pour moi le livre de la poésie, et " m'ouvrir les pages de l'Histoire. J'ai consacré l'âge " des illusions à la riante peinture du mensonge; j'em_ " ploierai l'âge des regrets au tableau sévère de la " vérité...(1)" Bien que les événements ne lui eussent pas permis de suivre cette pensée, l'œuvre poétique de René ne s'arrête pas moins ici. La politique allait s'emparer de lui, et le poète ne devait devenir historien qu'après avoir été homme d'état. Enfin, exclus de la vie publique par la tempête qui empor_ tait dans l'exil trois générations de Rois, Chateaubriand illustre sa retraite en revenant à ses travaux d'histoire, qu'il s'était promis pour la maturité de son âge. C'est en 1831 que parurent les Etudes Historiques, espèce d'esquisse ou de résumé d'histoire universelle dont la pensée mère est le dogme chrétien expliquant la transformation sociale et lui survivant. Voilà bien la base de la science historique, et le principe par excellence qui a dû guider l'École Catholique

(1) Début du dernier Livre des Martyrs.

marchant à la suite de son illustre chef. « Entrant d'un
« pas ferme dans ce grand système d'idées qui caractérise
« l'École Historique de notre temps, les vues générales sur
« la marche de la société, il signale d'abord trois vérités
« comme le fondement de tout l'ordre social : la vérité
« religieuse, vivante dans la foi chrétienne, laquelle,
« envisagée sous le rapport humain, forme un cercle
« dont la croix marque le centre immobile, et qui s'étend
« à mesure que les lumières et les libertés se développent;
« ensuite la vérité philosophique, c'est-à-dire, l'indépen-
« dance de l'esprit humain tendant à découvrir et à
« perfectionner, dans les limites de sa compétence, la
« science intellectuelle, la science naturelle et la science
« morale; enfin la vérité politique, qui n'est autre chose
« que l'ordre uni à la liberté, quelles qu'en soient les
« formes. C'est du choc ou de la séparation ou de
« l'alliance de ces trois principes, qu'il voit naître tous
« les faits de l'histoire; et, apercevant le monde
« moderne qui prend naissance au pied de la Croix,
« et que composant trois peuples divers, les païens, les
« chrétiens et les barbares, il trace à grands traits le
« tableau de ces trois peuples coexistant confusément
« pendant les quatre premiers siècles de notre ère, et
« dont s'est formée la société unique qui couvre
« aujourd'hui la terre civilisée (1). »

Chateaubriand, on le sait n'avait
jamais renoncé au dessein d'écrire une Histoire

(1). Discours de réception du duc de Noailles à l'Académie,
le 6 Décembre 1849.

de France conçue dans les plus larges proportions.
L'Introduction qu'il a mise en tête de ses Études
Historiques, nous déploie le vaste plan du monument
qu'il avait rêvé. « En faisant de la France comme
« la tête et le cœur de la civilisation chrétienne, dirons-
« nous en empruntant les paroles d'un de ses plus récents
« panégyristes, il s'était complu à l'idée de rattacher
« à cette histoire un large tableau de la révolution
« immense que le Christianisme avait opérée dans le
« monde. Il prenait la foi nouvelle à son berceau sur
« le Calvaire, pour en suivre les progrès, la longue
« lutte contre la société antique, et le triomphe éclatant;
« puis, déchaînant sur l'empire romain l'inondation
« des peuples barbares, qui engloutit presque tous les
« restes de la civilisation païenne, il nous montrait
« l'Église surnageant au-dessus de l'abîme, comme
« une arche de salut qui porte en ses flancs les germes
« immortels de la civilisation nouvelle. Entre tous les
« peuples modernes, qui doivent sortir de ce chaos fécond,
« la France apparaît bientôt comme une nation
« prédestinée. C'est autour d'elle que l'écrivain se plaît
« à faire graviter le monde barbare et à grouper
« toute l'histoire du moyen-âge, du moins jusqu'à
« l'époque de l'avènement des Valois. Car, à partir de
« ce moment, l'historien resserre son cadre, semblable
« à un fleuve, qui, après s'être égaré dans la plaine,
« comme pour recueillir ses affluents, semble ensuite
« se creuser un lit plus profond, à mesure que son cours
« devient plus puissant. En se bornant désormais

« à la France, il en voulait poursuivre l'histoire jusqu'à
« la Révolution. — Mais, comme on le voit, d'après
« son esquisse, c'était toute l'histoire du Christianisme et
« du moyen-âge qu'il voulait refaire, pour l'opposer à
« l'Essai sur les Mœurs de Voltaire. On ne peut assez
« regretter qu'il n'ait pu élever ce monument à la gloire
« de la civilisation chrétienne et de son pays. Mais une
« telle œuvre eût exigé qu'il y consacrât sans réserve
« toute la maturité de sa vie (1). » Pourquoi faut-il
que ce monument soit demeuré inachevé ? C'est que, lorsqu'il
écrivait l'histoire ancienne, l'histoire moderne frappait
à sa porte, et qu'après avoir tracé une page prophétique
d'histoire contemporaine à la fin de la Restauration
dans les Quatre Stuarts, il voulut dix ans après,
raconter son ministère et sa conduite dans Le Congrès
de Vérone, belle œuvre d'histoire diplomatique où
l'on retrouve la plénitude du talent de Chateaubriand.

        L'illustre historien des Croisades, après
avoir travaillé vingt ans à la recherche de tout ce
qui se rapportait à la grande époque qu'il avait
si admirablement fait revivre pour nous, n'était
pas satisfait, et, comme il le dit lui-même, sa
conscience d'historien n'était pas tranquille. A
l'âge de 62 ans, il voulut à son tour se faire pèlerin,
comme pour s'identifier davantage avec les personnages de ses récits, et donner à son livre tout à la fois
le mérite rassurant de l'exactitude et la couleur

---

(1) Éloge de Chateaubriand, par M. Charles Benoît, couronné
en 1864 par l'Académie Française.

poétique des vieux siècles. Ce grand pèlerinage lui
apporta un grand nombre de documents nouveaux, et
nous valut cette Correspondance d'Orient lettres
remarquables par un naturel et un esprit charmant,
et qui joignent à l'intérêt d'un voyage l'instruction
d'une histoire. —— Le collaborateur de Michaud
dans ce dernier ouvrage, M. Poujoulat, fut aussi,
peu de temps après, son collaborateur dans l'ordonnance
et la publication de cette Collection de Mémoires sur
l'Histoire de France, qui, allant du XIII ème siècle
au XVIII ème, continuaient le recueil publié précédem-
ment par M. Guizot, et devaient se rattacher
aux collections de Mémoires sur la Révolution
Française.

      C'est à M. Michaud, parti depuis
quelques mois pour son pèlerinage en Orient, que
M. Laurentie dédie son Histoire des Ducs d'Orléans.
Cet écrivain, infatigable vétéran de la Presse
Monarchique, et depuis longtemps cher à la
politique chrétienne, —— après avoir appartenu
à cette forte Université de la Restauration qui
a préparé à la France de si brillantes générations
littéraires, —— voulut revoir, le lendemain
même de la tempête de 1830, le cours des anciennes
Révolutions de notre patrie; et ayant trouvé
partout le nom des Ducs d'Orléans mêlé à
ses calamités, il pensa avec raison que cette
particularité historique devenait en ce temps-là

un objet de vive curiosité. De là cette Histoire
des Ducs d'Orléans, suivie quelques années après d'une
Histoire de France, trop généralement appréciée
pour que nous n'en fixions pas ici le caractère
en peu de mots. La pensée de l'auteur est chrétienne
et nationale, monarchique et populaire. Il ne fait
point un ouvrage exclusif d'érudition, ou de
chronologie, ou de philosophie, ou de législation,
ou de politique: Il a cherché à tout embrasser, les
vues morales et les vues théoriques, les recherches de la
science et les impressions de la poésie. Il y avait
donc là un point de vue nouveau: une pensée
chrétienne dans une histoire de France du XIXᵉᵐᵉ
Siècle. Il y a plus: c'est l'Histoire de France la
plus vraiment Catholique qui ait été écrite. "Les
"évêques, dit Gibbon, ont façonné la Gaule, au
"Vᵐᵉ siècle, comme un essaim pétrit le miel dans
"une ruche." Personne n'a développé cette vérité avec
plus de talent et de conscience que M. Laurentie. Il
a voulu restituer à l'histoire son caractère; ainsi,
tandis que les uns, lui ôtant de son intérêt, provo-
quait l'ennui, en racontant l'histoire avec un génie
ou un esprit qui n'est pas celui des vieux temps, et
qui, par conséquent, leur enlève ce qu'ils ont de
vivant et de dramatique; tandis que d'autres,
lui ôtant de sa vérité, enfantent l'erreur en
l'isolant des mœurs, des pensées, des habitudes de
chaque époque, M. Laurentie, convaincu que le passé
ne saurait être instructif s'il n'a sa vérité;

interroge les vieilles mœurs, les vieilles idées, les vieilles
lois, la vieille foi et le vieux langage; en un mot,
tout ce qui exprime la vie morale et politique
d'un peuple, avec ses besoins, ses penchants et ses
préjugés. —— Enfin, dans ces derniers temps, l'empire
romain a trouvé un juge impartial, et la morale
historique un vengeur dans M. Laurentie, qui, en
nous donnant une Histoire de l'Empire Romain
jusqu'à Constantin, le plus remarquable peut-être
de ses ouvrages, la fait précéder d'une Introduction
sur l'Histoire Romaine qui forme à elle seule
un ouvrage de la plus haute portée, rappelle les vues
élevées et les nobles conceptions de Ballanche, et cons-
titue une véritable histoire des causes de la grandeur
et de la décadence des Romains, fécondée par un
courant de philosophie religieuse.

   D'autres écrivains, appartenant à
peu près à la même école, ont étudié, dans cette
période, diverses phases de l'Histoire Romaine.
Ampère terminait sa carrière en écrivant l'Histoire
Romaine à Rome, œuvre d'érudition originale et
d'histoire artistique, où Rome monarchique et
républicaine est étudiée dans ses monuments.

   M. Le comte Franz de Champagny
a décrit devant nous la vie romaine au temps
des Césars; cette vie si multiple, si tourmentée,
si bizarre, a été exhumée tout entière avec une
abondance de détails, une fécondité d'idées, une
intelligence des hommes et des choses vraiment

remarquables. Il déclare avoir voulu faire une étude
morale et biographique plutôt qu'une histoire dans
la grave et solennelle acception de ce mot; mais il
est impossible d'apporter à une étude plus de
conscience, d'érudition et de talent. Aussi le livre des
Césars est-il une véritable résurrection du passé. —
Le noble écrivain ne pouvait s'arrêter là. Dans Rome
et la Judée au temps de la chute de Néron, œuvre plus
saisissante et plus achevée, le talent ferme et puissant
de l'auteur déroule à nos regards les événements qui
succédèrent immédiatement à la première prédication
de l'Évangile, dans l'ordre même que les Chrétiens, dès
ce moment, pouvaient prévoir, et qui était tracé
par les prophéties évangéliques: les persécutions et les souf
frances de l'Église; les hérésies, les schismes et les scandales,
la guerre éclatant partout et bouleversant toutes les
nations, et pour couronner l'œuvre, la lutte suprême
de Jérusalem et le châtiment d'Israël. On le voit,
ce que Bossuet avait fait pour vingt siècles, Mr.
de Champagny l'a entrepris pour six années décisives
de l'Histoire de Rome et de l'Église; et l'on a
pu dire avec vérité que jamais tant de vie ne
germa sous tant de ruines. — Enfin, le même
historien, poursuivant sa course, nous a récemment
expliqué, dans Les Antonins, comment le
Christianisme, après avoir été d'abord persécuté
par des monstres, le fut ensuite par des princes
honnêtes; pourquoi les Antonins ne seront pas

convertis au Christianisme et n'ont pas laissé la liberté
aux chrétiens, enfin pourquoi Marc-Aurèle n'est pas
devenu Constantin. L'action latente de la foi nouvelle sur l'âme même de ceux qui la proscrivent,
son progrès capable de régénérer le monde et en même
temps l'impuissance des meilleurs Empereurs à régénérer l'Empire : tel est le double tableau que
retrace l'histoire des Antonins.

   M. de Champagny nous a conduits
d'Auguste à Constantin. Là nous attend le Prince
Albert de Broglie, auteur du grand ouvrage ayant
pour titre : L'Église et l'Empire romain au quatri-
ème siècle, qui va de Constantin à la mort de
Théodose. La lutte de la force, représentée par Rome,
contre le droit, représenté par l'Église, tel est le
spectacle que présente l'Histoire des trois premiers
siècles. Au IVème siècle, qu'on a si justement
appelé le Portique des grands siècles chrétiens,
le triomphe du droit est complet ; l'évènement
qui domine tout, c'est l'apparition imprévue
du premier prince chrétien, et par suite l'introduction de l'Église dans la vie publique de
l'Empire et de l'humanité. Au début de ce siècle,
l'Église est, comme l'apôtre Saint Paul, « chargée
« de fers et reléguée au fond obscur du bâtiment,
« dans l'attitude humble et méprisée de l'oraison.
« Les dernières années la trouvent assise au
« gouvernail .... une seule cause, avec la grâce
« et sous la permission divine, a opéré cette

« révolution : les maux désespérés de la société romaine et son
« recours plein d'angoisses vers une puissance surnaturelle . . . . .
« Le souverain politique, ennemi de l'Église pendant trois siècles,
« devient son allié avec Constantin en voulant rester son égal,
« prétend la dominer avec Constance, lui cède définitivement le pas
« avec Théodose et se contente du second rang dans le monde . . .
« à ces trois états d'égalité, de suprématie et de subordination,
« par lesquels on voit successivement passer les rapports des
« empereurs chrétiens du IVᵐᵉ siècle avec l'Église, correspond dans
« le sein de l'Église elle-même une série d'illustres évêques
« (S. Athanase, S. Basile et S. Ambroise), dont la grandeur pareille
« et le génie différent sont appropriés par une sagesse suprême
« à la diversité des situations . . . . (1). » Mais nous ne saurions
donner ici une idée de ce monument historique, l'un des plus
imposants que notre époque ait vu s'élever, quoi qu'en aient
dit ou voulu faire accroire de trop sévères critiques, dont l'auteur
a été vengé dans la conscience de tous les chrétiens honnêtes et
de tous ceux en qui l'esprit de parti n'étouffe pas l'équité
littéraire. Disons-le en terminant, avec un juge qu'on ne voudra
pas récuser, c'est un ouvrage où l'on rencontre, « dans un grand
« sujet, le charme du style, la solidité de l'érudit, la raison
« calme et grave de l'historien, et, par-dessus toutes ces qualités
« naturelles, la foi aussi tendre qu'énergique d'un chrétien qui a
« délaissé les plaisirs du monde pour travailler à l'avènement
« du règne de Dieu (2). »

     M. de Broglie donne la main à Ozanam, qui
fait suite avec ses volumes sur _La civilisation au Vᵐᵉ siècle,_

---
(1) Dernier chapitre de la troisième partie de l'ouvrage.
(2) Lacordaire, dans _Le Correspondant,_ septembre 1856.

« ce testament de l'âme et du talent de l'auteur, » dont le but avait été de reprendre et de continuer, quoique sur un plan un peu différent, l'Histoire de la gaule méridionale sous la domination des conquérants germains, publiée par Fauriel, son prédécesseur à la Faculté des Lettres de Paris (¹). Ozanam se proposait d'écrire, au point de vue de la Littérature, l'Histoire du moyen-âge depuis le cinquième siècle jusqu'à la fin du treizième, et jusqu'à Dante, le plus digne représentant de cette grande époque, mais, dans l'histoire des Lettres, il étudia surtout la civilisation dont elles sont la fleur, et dans la civilisation il voyait l'ouvrage du Christianisme. Montrer la Religion glorifiée par l'histoire, le Christianisme convertissant et disciplinant les barbares, comme il avait converti et moralisé le monde Romain, tel était le dessein de l'auteur. Les Études germaniques viennent après, mais elles s'arrêtent à Charlemagne. « Ces deux précieux fragments n'étaient « pour lui, comme le disait M. Villemain en déposant une couronne « académique sur son tombeau, que l'essai du grand travail, où il « voulait comprendre la ruine et la mort de l'ancien monde, et, sous « la fermentation de ses débris, la naissance des sociétés modernes « surgissant de toutes parts, comme une terre immense et nouvelle, « qu'il voyait se défricher, s'animer, s'embellir, à la lumière de ces « vérités chrétiennes, que lui-même avait saisies d'une foi profonde et « d'un cœur passionné (¹). » Ozanam, dans le vaste plan qu'il avait conçu de bonne heure, avait envisagé le Christianisme primitif, développé et transformé, selon la loi de Dieu, par des révélations successives; il voulait en réunir et en reconstituer les preuves par la Linguistique, l'Ethnographie, et la comparaison des livres religieux

(¹) Rapport à l'académie française pour le concours de 1856.

et des traditions antiques des différents peuples. Mais Dieu
ne voulut pas que ce grand ouvrage, préparé par vingt ans de
recherches et d'éloquence, reçût de la main de son auteur le
sceau de la perfection.

Après Ozanam, M. Charles Lenormant et ses
belles leçons historiques nous introduisent plus avant dans le
Moyen-Âge. Archéologie, Céramographie, Numismatique,
Géographie, hyéroglyphie, tout est devenu un auxiliaire
entre les mains du savant professeur, qui, après avoir donné au
monde savant une introduction à l'histoire de l'Asie
occidentale, se recommande à nous surtout par ses
questions historiques, si dans d'intéressantes leçons, si
savamment attaquées, il tranche avec une sûreté d'érudition
et une indépendance de jugement dignes de lui tant de controverses
contemporaines. C'est là qu'il faut voir ce que le Bas-Empire
a tenté de faire des Papes, les commencements et la légitimité
de leur indépendance temporelle, l'origine et les progrès naturels
de leur souveraineté ; graves questions redevenues brûlantes
de son vivant ce qui ne sert qu'à donner plus de puissance et
d'autorité à l'impartiale fermeté des conclusions auxquelles
il s'arrête.

Ozanam et Lenormant ! nobles cœurs,
intelligences d'élite, catholiques courageux enlevés tous deux
dans la force de l'âge, le premier au retour d'un voyage en
Italie, le second dans la capitale de la Grèce, au milieu de ces ruines
au culte desquelles sa vie avait appartenu tout entière, et dont
il était écrit que la mort ne le séparerait pas ! Vos leçons et
vos exemples ne seront pas perdus pour la génération qui vous
aime envers et...

— Le Moyen-Âge nous ramène à nos histoires nationales, générales ou particulières, et d'abord à M. le comte de Peyronnet, qui publia en 1835, du cachot de Ham, les deux premiers volumes de son _Histoire des Francs_, où l'on doit tenir compte à l'auteur d'avoir débrouillé la confusion de ces temps reculés, et répandu quelques lumières sur le berceau de la monarchie française, mais où l'on reconnaît l'insuffisance des ressources dont il disposait pour entreprendre avec autorité et traiter avec avantage un si vaste sujet. Les deux derniers volumes, publiés onze ans après, présentent un tableau complet de l'établissement des mœurs, des monuments et des institutions des Francs, et de la vie de Charlemagne, dont Peyronnet esquisse à grands traits le caractère, la législation, les exploits et les fautes. — D'un autre côté, M. Frantin écrivait ses intéressantes annales du Moyen-Âge, en prenant pour guide Mézeray dont il fut toujours l'admirateur; et il faisait ressortir le rôle et le règne de Louis-le-Pieux, dans un ouvrage spécial où l'on regrette de voir émises d'injustes assertions contre les actes des Évêques français au IXème siècle. — L'histoire du roi Saint-Louis, cet « ami de Dieu et des hommes », comme l'appelle Saint François de Sales dans son doux langage, était écrite à la fois par le Marquis de Villeneuve-Trans, et par le Vicomte Walsh.

M. le comte de Carné publiait bientôt d'attrayantes Études sur les fondateurs de l'Unité Française. De Suger à Mazarin, en passant par Saint Louis, Jeanne d'Arc, Louis XI, Henri IV et Richelieu, ils suivaient la formation pénible et intermittente de cet organisme merveilleux que toute

les nations nous envient, sans en mesurer les inconvénients
mais qui fait vivre d'une vie commune trente millions d'hommes
conservant tous, dans la diversité de leurs caractères et l'infinie
variété de leurs pensées, le culte d'une même patrie et le
chaleureux dévouement à une même cause. — Dans ses Études
historiques sur les règnes de Louis XIV et de Louis XV, le même
auteur étudie la monarchie française au XVIIIème siècle,
c'est-à-dire pendant cette époque de transition qui sépare
les destinées de la France historique de celles de la France
nouvelle et qui est proprement l'Ancien Régime dans ses
limites chronologiques et morales. — Enfin, dans de nouvelles
Études sur l'Histoire du Gouvernement représentatif en France
de 1789 à 1848, le comte de Carné, après avoir fixé son attention
sur la littérature et l'esprit général du siècle entier, qui servent
d'introduction à ce que l'auteur appelle les idées de 89,
mélange mémorable de sagacité et d'inexpérience, de vérités
et d'illusions, décrit toutes ces péripéties, ces écueils et
ces fautes, non pas seulement en peintre habile, mais en
juge incorruptible à toute séduction du sophisme, à toute
excuse de la nécessité, faisant partout sortir de la
violence et de l'iniquité le malheur et la catastrophe,
de telle sorte que la négation de la loi divine et des
principes de justice humaine paraisse nécessairement
la plus destructive des fautes politiques comme elle
est le plus grand des crimes. — Le même historien
s'était déjà montré animé de ces sentiments et de ce
patriotisme en écrivant ses Vues sur l'Histoire
contemporaine, son livre Des Intérêts nouveaux
en Europe depuis la révolution de 1830, enfin

son dernier ouvrage intitulé : L'Europe et le second
Empire. On voit que, sous la conduite de M. de Carné,
nous pouvons parcourir une assez longue période de
notre histoire.

De savants et précieux travaux nous
ont été laissés sur quelques grands personnages du
XIV⁰ et du XVème siècle. Peu d'années après que
M. Roselly de Lorgues avait tenté de réhabiliter
et d'éclairer la physionomie historique de Christophe
Colomb, en montrant en lui le chrétien et l'apôtre,
M. Wallon, académicien déjà connu par ses travaux
sur l'esclavage dans l'antiquité et sur la croyance due
à l'Évangile réalisait une idée analogue au sujet
de Jeanne d'Arc, « le plus beau nom de l'histoire ».
Il était opportun de répondre hardiment à quelques
auteurs récents, qui ont cru grandir Jeanne en retran-
chant de sa mission toute intervention divine, et en
voyant en elle une sorte de Druidesse, une personnification anticipée des aspirations populaires.
M. Wallon restitue sa vraie physionomie à cette
héroïne toute chrétienne, à la suite de M. de
Baranthe, qui, le premier entre les historiens
laïques depuis le XVIIIème siècle, avait osé jeter
le mot de miracle dans le récit des exploits merveilleux de la Vierge de Vaucouleurs et de son admirable mort. ——— Plus récemment, M. Wallon
nous a fait connaître ce jeune et infortuné
Richard II, prince intéressant, puisqu'il était

porté pour la France et déplorait la rivalité malheureuse qui avait armé l'une contre l'autre, au grand détriment de la chrétienté, deux peuples frères que leur union aurait dû rendre maîtres des destinées de l'Europe. Mais ce qui a principalement déterminé M. Wallon, c'est l'importance historique des événements qui remplissent le règne de Richard II, époque décisive dans l'Histoire de l'Angleterre et de la France, non-seulement au dehors, mais au dedans, où s'exécutait la première expérience du régime constitutionnel de l'Angleterre, et ce grand duel entre le parlement et la Royauté, qui semblait une répétition préparatoire de la grande tragédie des Stuarts, et qui en réalité devait être une des principales sources de la révolution politique de l'Angleterre, et peut-être aussi de sa révolution religieuse.

En franchissant près de deux siècles, nous sommes amenés à signaler ici l'Histoire de la Ligue, dans laquelle M. de Chalambert, partant de ce principe, que toute perturbation dans l'ordre religieux entraîne avec elle une perturbation correspondante dans l'ordre social, après avoir, dans une belle introduction, considéré les relations qu'avaient eues entre elles la religion et la civilisation en France antérieurement à la grande lutte religieuse suscitée par le Protestantisme, démontre jusqu'à l'évidence qu'un grand péril menaçait l'existence même de la religion catholique en France,

et qu'à moins de déserter lâchement la cause
de ses croyances, la nation devait réunir tous ses
efforts pour le conjurer. M. de Chalambert ne s'est
pas contenté de venger magnifiquement Paris et
la France du ridicule et de l'odieux qu'on avait
voulu jeter depuis sur la grande cause et ses
défenseurs ; il discute victorieusement et renverse
avec toute l'autorité de l'historien érudit les calomnies accumulées avec empressement par des historiens
sans critique et sans foi contre les Papes contemporains.
Mais le moment était-il bien opportun de glorifier
la ligue et de rabaisser Henri IV ?

On ne saurait nous reprocher de rattacher à
l'École Catholique et à cette époque de nos annales le
livre dans lequel M. Audin, en racontant l'histoire
de la Saint-Barthélemy, fait voir que la religion
et l'Église n'eurent aucune part dans ce massacre.
Malheureusement, le récit parfois très dramatique
de l'auteur, dont plusieurs pages rappellent le burin
de Tacite, ne semble appuyer que sur les mémoires
des Huguenots, et subsidiairement sur les matériaux
assez nombreux pourtant, fournis par les catholiques. De
là l'opinion développée par l'historien, que la Saint-
Barthélemy fut un complot savamment combiné et
tramé d'avance, tandis qu'il demeure acquis à l'histoire,
en ne s'en tenant qu'aux chroniques de L'Estoile, de
Tavannes et de Marguerite de Valois, que la
Saint-Barthélemy fut un complot du moment, par lequel

Catherine de Médicis, cette Agrippine moderne,
voulut cacher celui qu'elle avait ourdi pour faire périr
l'amiral de Coligny.

       De nos jours, le vainqueur de la
Ligue, le bon et le grand Henri IV, a été savamment
apprécié par M. Poirson, non plus comme homme
aimable, brave et généreux, mais surtout comme grand
administrateur. « Lorsque, en effet, on parcourt, sous
« des chiffres divers et nombreux, toute la série des sages
« réformes, des interdictions et des prescriptions utiles,
« des créations fécondes, qui marquèrent surtout les dix
« dernières années de ce règne si funestement interrompu
« par un crime, on s'unit de cœur au savant et
« loyal historien ; on lui sait gré de n'avoir rien omis,
« rien négligé, rien laissé perdre des titres même les plus
« modestes d'une gloire si grande, d'une gloire si humaine,
« si française, si digne de rester l'exemple du monde
« et le regret des peuples. » Ainsi s'exprimait M.
Villemain, en caractérisant l'œuvre à laquelle l'A-
cadémie Française décernait une couronne si bien méritée.
En même temps, M. Mercier de Lacombe étudiait
Henri IV et sa politique dans un livre plus subs-
tantiel et sous trois aspects : Au point de vue
religieux, en présentant Henri IV comme ayant
introduit en Europe le principe de la liberté de
Conscience ; au point de vue Européen et de la
politique étrangère, en nous le donnant comme
ayant eu la gloire de détrôner ce qu'on

a appelé la politique Italienne de Machiavel; enfin, au point de vue intérieur, M. de Lacombe, se séparant de M. de Carné et dissimulant mal le panégy- riste derrière l'historien, voudrait nous faire voir dans Henri IV un souverain libéral et presque constitutionnel. — Déjà sous le ministère de M. Villemain, sept volumes de la Correspondance de Henri IV avaient été publiés par les soins de M. Berger de Xivrey; et plus récemment, le prince Galitzin a pris l'initiative d'un nouveau recueil de lettres inédites du grand Roi, spécialement relatives aux affaires d'Italie.

De consciencieux travaux ont été accomplis sur le règne de Louis XIV. Tandis que M. Pierre Clément traçait l'Histoire de la vie et de l'administration de Colbert, dont le ton apologétique ne saurait donner raison aux sévères jugements portés par M. Raudot sur le grand ministre, — M. Camille Rousset donnait l'Histoire de Louvois et de son adminis- tration dans un ouvrage auquel n'a manqué aucun genre de succès, si ce n'est qu'aux yeux de plusieurs critiques, l'historien n'avait pas besoin et avait eu tort de diminuer Louis XIV pour amplifier Louvois. Tandis que M. le comte de Loménie jugeait de haut et un peu à la surface le règne

entiers de Louis XIV avec un profond sentiment
monarchique, M. Ernest Mouet, dans un cadre
plus circonscrit, choisissait pour sujet de ses
travaux Quinze ans du règne de Louis XIV,
mais les Quinze dernières années, années de
déclin qui nous font assister aux revers et à
l'agonie du grand roi, et que l'auteur nous raconte
avec une impétuosité un peu lyrique.

Pourrions-nous oublier la belle
Histoire de Mme de Maintenon et des principaux
événements du règne de Louis XIV, monument de
famille, dont Louis XIV est le héros, comme
Mme de Maintenon en est l'héroïne, et qui
valut le fauteuil académique de Chateaubriand
au Duc de Noailles ? Lancé dans le public
au milieu de la tourmente de 1848, ce livre obtint
alors un succès qui attestait son mérite; car il
ne faut pas oublier que ces pages, constamment
animées par la présence de la pensée religieuse
avaient une prévention toute favorable de l'auteur
pour le système politique du grand roi. C'est ce
qui faisait dire à M. Ampère que « l'ouvrage
« de M. de Noailles, à force de contraster avec
« les circonstances, était presque un ouvrage de
« circonstance. » Quand au style de l'historien,
nous dirons avec un écrivain contemporain n'est forcé
de vivre dans la familiarité des hommes du règne

„de Louis XIV, le Duc de Noailles a gagné leurs
„habitudes d'esprit et surpris le secret de leur
„manière d'écrire :.»

    Nous arrivons ainsi aux plus lamenta-
bles évènements de notre histoire, et d'abord au
règne de l'infortuné Louis XVI. A une époque
où le sublime testament du Roi-Martyr n'était
plus mis sous les yeux du peuple, où les marbres
expiatoires étaient enlevés de nos places publiques,
un monument d'un autre genre lui était élevé
dans une biographie touchante de M. le comte
de Falloux, plus régulière et plus élégante que
celle de l'abbé Proyart. L'auteur, qui, en
rehaussant les vertus du saint, a voulu réhabiliter les qualités du monarque, a répandu dans
ces pages son âme tout entière, en racontant d'une
manière succincte et saisissante la vie de ce
roi que nos larmes ont depuis long-temps sanc-
tifié. Aussi, a-t-on pu dire que l'historien et
le martyr ont entre eux ce côté de ressemblance :
L'un s'est fait oublier dans son livre, comme
l'autre a passé sa vie à cacher ce qu'il valait (1).

    Un autre écrivain célèbre M. Droz
traitait le même sujet en même temps que
M. de Falloux, mais sur un autre plan
et avec d'autres pensées. Cet auteur a voulu retracer

_____

(1) M. Poujoulat.

la fin de l'ancienne monarchie et le début de la
révolution. « J'espère montrer, avait dit M. Mignet
« en retraçant les préliminaires de la révolution, qu'il
« n'a pas été plus possible de l'éviter que de
« la conduire. » M. Droz, se plaçant à un point
de vue absolument opposé à l'école fataliste, a
soutenu la thèse inverse, après avoir consacré
vingt-cinq années de recherches et de méditations
à la composition de ses trois volumes, et en
annonçant, sous un titre qui est la conclusion
et non le but de ses efforts, une Histoire de Louis
XVI pendant les années où l'on pouvait prévenir ou
diriger la révolution française. D'après M. Droz,
c'est à l'Assemblée Constituante que doit être
imputée la plus grande partie de nos calamités.
Lorsque, en effet, la nécessité et la faiblesse du
pouvoir firent confier à cette assemblée le soin de
la régénération sociale, cette Révolution, qu'on
n'avait pas su prévenir, il s'agissait de la
diriger. Grande et difficile tâche, en vérité!
N'est-il pas permis de se demander si la révolution
pouvait être arrêtée, comme le pense notre historien,
soit à l'ouverture des Etats-Généraux, soit dans la
séance célèbre du 23 juin, soit surtout lorsque les
décrets du 4 août ayant changé l'Etat de la
Société Française, l'Assemblée, devenue
Constituante, pouvait fonder à son tour le gouvernement représentatif, en reconnaissant certains droits

au monarque !.... qu'il nous suffise d'indiquer l'idée-
-mère de cet ouvrage, qui, malgré quelques taches, pourrait
bien être une école de prévoyance pour les Princes et de
modération pour les peuples, si bien qu'on a pu l'appeler
« l'Histoire de la Révolution française, écrite par un honnête
« homme à l'usage des honnêtes gens. » Quoi qu'il en soit,
Honneur à M. Droz, d'avoir pensé que la Philosophie de
l'Histoire qui encourage et relève l'humanité en donnant
d'utiles leçons à l'intelligence, est plus instructive que celle
qui, abattant et humiliant l'espèce humaine, tend à montrer
l'impuissance du plus beau génie contre l'irrésistible
ascendant du destin :

En 1852, le public lisait avidement un bel ouvrage
intitulé : Louis XVII, sa Vie, son agonie, sa mort, et le
public ne se plaignait pas de l'excès d'émotion et de la
« torture morale que faisait sentir à l'âme ce pathétique affreux
« de la réalité, ce long supplice d'un jeune martyr né pour le
« trône, et tué à loisir, par de Vils malfaiteurs, sous le poids
« des maux et des dégradations pires encore, dont une férocité
« stupide peut briser et détruire un faible et délicat enfant,
« qui portait en soi, avec le sang de son Vertueux père,
« quelques gouttes du sang héroïque de Marie-Thérèse, transmises
« à travers le cœur de femme et de mère le plus déchiré qui
« fut jamais...(1). » Il y a déjà bien des années, la Poésie
avait consacré à cet enfant supplicié sans échafaud par
les libres de l'anarchie, qui cependant n'osèrent jamais
l'avouer en public, une ode sublime et pure que personne

(1) M. Villemain.

n'a oublié. L'histoire devait avoir son tour, comme pour tout
ce qui porte l'empreinte d'une grande justice et d'un noble
désaveu national. Aussi, la lecture de ce livre, écrit avec
des larmes, nous a-t-elle tous portés à laver de nos larmes le
pavé souillé par le sang de ceux qu'on a égorgés entre le
sanctuaire et l'autel . . . . . .

La Révolution française était prise à ce même point de
vue par M. Poujoulat, qui devait plus récemment aborder
l'histoire contemporaine ; — par M. de Conny, dans des récits
passionnés mais très-intéressants ; — par M. le Vicomte Walsh,
dont les journées mémorables de la Révolution française ont
été lues par toute notre jeunesse avec une amère tristesse ;
— et dernièrement encore, par M. Mortimer-Ternaux, qui en
ramenant nos souvenirs vers l'Histoire de la Terreur, nous
découvre bien des horizons, et, quoique un peu sévère peut-être
pour la noblesse française, réussit à rétablir bien des faits
trop souvent altérés par la passion ou travestis par la
mauvaise foi, dans la peinture d'une époque « où l'on ne vit
« rien de grand que le courage des victimes, rien d'auguste que
« l'échafaud (1). »

. Parmi les écrivains qui ont étudié la Révolution
dans ses causes, l'École catholique revendique l'abbé Gaume,
qui a savamment et solidement établi sa descendance directe
de l'ancien Paganisme, et M. Francis Nettement, qui
a récemment cherché dans les idées du XVIIIᵉ siècle
l'unité générale de son origine, en suivant la filiation
morale des faits.

M. le comte de Pocqueville consacrait ses graves

_____
(1) M. de Salvandy.

loisirs à expliquer la Révolution; peut-être l'excusait-il trop
généreusement par le tableau des fautes de la Monarchie. Cet
écrivain, dans son histoire philosophique du règne de Louis XV,
en racontant ce déplorable règne, trop négligé peut-être, et
cependant si plein d'enseignements, a fait ressortir dans ce règne
la meilleure excuse que puisse alléguer la Révolution. En même
temps qu'il articule nettement, mais avec une aigreur trop systématique,
tous les reproches qu'on est en droit d'adresser au souverain, à
ses conseillers et aux complices de ses désordres, il flétrit aussi,
d'un autre côté, avec la rectitude d'un philosophe et le cœur d'un
chrétien, la funeste invasion de cette impiété haineuse qui
avait dépravé le XVIII siècle. Pourquoi découvre-t-on quelques
tendances fatalistes au milieu de ces beaux aperçus? — Vingt ans
après, le même publiciste écrivait un autre grand ouvrage, resté
inachevé: L'ancien Régime et la Révolution, ayant pour objet
et aussi pour résultat « d'établir que l'ancien Régime avait
« été aussi centralisateur que les régimes qui l'ont suivi; que
« la Révolution et l'Empire n'avaient fait, sous un certain
« rapport, qu'achever et manifester son ouvrage (1). » — Mais
le chef-d'œuvre de M. de Tocqueville avait été son fameux ouvrage
De la Démocratie en Amérique, publié en 1835. Royer-Collard
déclara que « Rien de pareil n'avait paru depuis Montesquieu; »
et ce qui prouvait le mérite et la sage impartialité de
l'historien traitant un pareil sujet, c'est que tous les partis
crurent pouvoir revendiquer le livre et l'auteur. Et il n'y
avait pas là de contradiction; car Tocqueville avait voulu,
dit-il lui-même avec une grande sagesse, « produire un
« double effet sur les hommes de son temps: diminuer l'ardeur

(1) M. de Rémusat, dans la Revue des Deux-Mondes, du
15 Octobre 1861.

« de ceux qui se figuraient la Démocratie brillante et facile,
« et diminuer la terreur de ceux qui la voyaient menaçante et
« impraticable...... » Ajoutons encore ici, que si Tocqueville cherche
à tempérer la fougue des uns et la résistance des autres,
ce n'est qu'en s'appuyant sur cette idée, que la France
est fatalement poussée vers la Démocratie.

La Restauration a eu ses historiens. Nous nous
contenterons de citer ici M. Lubis, qui, dès 1837, publiait
son excellent ouvrage, préparé avec soin et d'après les sources,
auquel d'autres historiens ont fait de nombreux emprunts, —
— M. Louis de Viel-Castel, que ses adversaires eux-mêmes
s'accordent à trouver si scrupuleux dans ses analyses, si
impartial dans ses exposés, si judicieux dans ses réflexions, —
— M. Alfred Nettement, qui, après avoir donné l'histoire de la
conquête d'Alger, la touchante Vie de Marie-Thérèse, dont les
malheurs montèrent si haut qu'ils sont une des gloires de
la France, et le récit de quinze ans d'exil du petit-fils de
Charles X, poursuit en ce moment même son Histoire de la Restauration.
— Enfin, M. Villemain, dans ses Souvenirs Contemporains,
chef-d'œuvre de fine observation et de charmante peinture,
faisait revivre naguère la société de l'Empire et de la Première
Restauration.

Il nous reste à parler des Histoires de France
publiées durant cette période. Nous avons déjà rencontré sur notre
route le travail de M. Laurentie. — M. Mazas avait
commencé à écrire, peu d'années après la Révolution de juillet,
son Cours d'histoire de France, qu'on ne saurait trop recommander.
— sur un plan plus vaste, l'abbé de Genoude écrivait son

Histoire de France, dont les Vingt Volumes étaient donnés au public en moins de quatre ans !.... Pourquoi faut-il que l'œuvre de l'ardent publiciste, qui serait mieux classée parmi celles de l'École systématique, ait cru pouvoir défendre à la fois et concilier la souveraineté nationale et les libertés de 89, avec le système de compression de Bossuet et les anciens édits de nos Rois? En voulant, dans cette compilation dénuée de toute critique, reconstruire l'Unité Nationale bouleversée par cinquante ans de Révolution, l'auteur a mis en œuvre les matériaux les plus disparates; et, ce qui est plus grave, en se constituant trop souvent l'accusateur public du saint-siège, il mérita les félicitations des Parlementaires et des Protestants eux-mêmes, comme, en s'efforçant de placer dans sa Politique idéale et semi-révolutionnaire la République à la base et la Monarchie au sommet, il contribua plus que beaucoup d'autres à hâter la ruine du gouvernement de juillet......

Nous préférons l'Histoire de France de M. Amédée Gabourd, qui, pour le moins aussi complète, rétablit la vérité sur des choses si mal jugées et si mal comprises. Écrite dans un esprit profondément chrétien, et libre de tout attachement à l'ancien Régime, elle respire un amour presque égal pour la Religion et la liberté. Le même auteur, dont l'Histoire de la Révolution avait été particulièrement et justement appréciée, reprend, depuis quelques années, dans une nouvelle série d'études historiques, le récit de nos événements contemporains depuis 1830. — On peut donner les mêmes éloges à l'Histoire de France dont M. Trognon vient de faire paraître le cinquième et dernier Volume, et dans laquelle ont été consciencieusement conduites

les faits que l'auteur a cependant réussi à présenter dans
leur vérité, leur clarté, leur mouvement. On peut vraiment
dire qu'il a su être à la fois complet et exact, en faisant
comparaître tous les grands faits auxquels il a gardé
cet intérêt de lecture que l'histoire voudrait avoir pour
tenir tête au roman. —— Enfin, nous devons signaler
l'intéressant résumé de l'Histoire de France, dans
lequel M. Émile Keller, ce courageux athlète de la
cause catholique, a déployé un vif et sincère amour
pour l'Église, et peut-être aussi une trop franche indépendance dans l'appréciation de certains événements
et de certains personnages. —— Dans le même temps,
MM. Charton et Bordier, désirant faire un livre populaire qui répandît à la fois dans la masse du public
la connaissance de nos Annales et le goût des monuments du passé, ont publié une Histoire de France
d'après les documents originaux et les monuments de l'art,
où l'on doit reconnaître de précieuses qualités à côté
de certaines idées empruntées trop légèrement à nos
historiens rationalistes.

Avant de passer à un autre ordre de travaux,
nous devons faire une mention des nombreux ouvrages
d'un historien dont la fécondité, à notre époque, tient du
prodige. Plus de cent volumes, consacrés par
M. Capefigue à l'Histoire de France et formant plusieurs ouvrages complets, étudient successivement
Charlemagne, Philippe-Auguste (le chef d'œuvre de
l'auteur), Hugues Capet et la troisième race,
François 1er et la Renaissance, la Réforme, la

Ligue et Henri IV, Richelieu et Mazarin, Louis XIV,
Philippe d'Orléans, Louis XV, Louis XVI, l'Europe sous
Napoléon, les Cent-Jours, la Restauration (son
premier ouvrage), enfin l'Europe depuis l'avénement de
Louis Philippe. Cet écrivain, laborieux et intelligent,
met habilement en œuvre les immenses documents qu'il
compulse avec un infatigable courage. « M. Capefigue,
dirons-nous avec M. Laurentie, n'appartient à aucune
« école d'historiens, il n'imite personne : ni Salluste,
« ni Vertot, ni Michaud, ni Barante, encore moins M.
« Guizot ou M. Michelet, sortes de parleurs qui jettent des
« nuages sur le passé. Il n'est pas pour cela un écrivain
« original ; ou bien, s'il veut l'être, il est malheureux,
« son style s'embarrasse et sa pensée se perd. C'est une
« espèce d'annaliste, une sorte de collecteur de faits et de
« récits, très-habile à les grouper, prenant dans les récits
« d'autrui, plaquant le vieux style sur le style nouveau,
« mêlant les Mémoires anciens à ses propres narrations,
« ce qui a plus de charme qu'on ne pense, fouillant les
« choses inconnues, suppléant à l'observation morale
« par ces citations de textes originaux, expliquant une
« époque par un fragment contemporain, et ainsi tenant
« constamment le lecteur en présence du passé, et mettant
« de l'intérêt dans son récit, même quand il y laisse de
« l'imperfection (1). »

　　　　　Mais reprenons notre marche, et M.
Capefigue lui-même nous y aidera. Nous voulons, en effet,

(1). Histoire, morale et littérature, page 243.

(115)

signaler les travaux plus modernes sur l'Histoire Ecclésiastique; or M. Capefigue a cultivé aussi cette branche de
l'histoire, en étudiant tour-à-tour, dans dix volumes, les
quatre premiers siècles de l'Eglise, l'Eglise au Moyen-Age
enfin l'Eglise pendant les quatre derniers siècles.

On comprend, sans que nous ayons besoin
d'insister sur ce point, que l'Ecole Catholique et
Traditionnelle s'est honorée particulièrement dans ses
travaux sur l'Histoire Ecclésiastique; et nous ne serons
pas démentis en disant que, dans aucune époque, notre
pays ne produisit des œuvres aussi consciencieuses et aussi
utiles. Sans parler des Histoires générales de l'Eglise de
l'abbé Receveur et de l'abbé Darras, ouvrages sans caractère
où le compilateur fait tort à l'écrivain, nous nous trouvons
en présence de deux monuments grandioses, élevés à la
gloire de l'Eglise par l'abbé Rohrbacher et par le baron
Henrion. Tous deux, en entreprenant d'écrire l'histoire
de l'humanité illuminée par l'intervention manifeste de
la Providence, ont pu mettre au service de cette noble
tâche une grande indépendance d'esprit envers tous
les systèmes, un profond esprit de soumission envers
l'Eglise et une prodigieuse aptitude au travail; mais
tandis que le premier l'emporte, croyons-nous, pour
l'exécution du plan, dont toutes les parties sont liées avec
une grande netteté, le second lui est supérieur par le style
et la profusion des documents.

L'année 1863 a vu reproduire un scandale
sans précédents dans notre siècle. Un disciple de Strauss,

ou plutôt un descendant direct d'Arius, bâtissait sur le mensonge un monument d'apostasie couronnée par le blasphème ; Un membre de l'Institut de France osait découronner et mettre en pièces le Dieu de nos Pères, l'auteur de notre foi, en écrivant la Vie de Jésus sur les pentes même du Liban, sur la cendre et la tombe des Croisés, et à nouveau serpent tentait ainsi de souiller de son noir venin ces lieux sanctifiés par les scènes les plus sublimes et les origines immortelles des enseignements Divins. Cette publication criminelle au premier chef, qui n'excita que le rire en Allemagne, dut provoquer en France une généreuse indignation, et produisit des réfutations éloquentes qu'il serait impossible d'énumérer ici.

Quelques années avant, l'abbé Guettée, déserteur de la foi et de l'Église, avait écrit, à l'usage des impies, une Histoire de l'Église de France, qui n'était qu'une longue imposture et une noire trahison. —— Heureusement les Catholiques virent avec bonheur l'abbé Jager, auteur d'une excellente Histoire de l'Église de France sous la Révolution, faire pour notre pays ce que Rohrbacher et Henrion exécutèrent pour l'Église Universelle. En prenant le père Longueval pour base de son Histoire de l'Église Catholique en France, il en a fait un livre nouveau, grâce aux changements considérables qui l'ont transformé.

L'infatigable et savant abbé Gorini avait lu les sources dans son modeste presbytère ; mais

il lisait aussi nos écrivains modernes. Aussi, crut-il
accomplir un devoir en défendant l'Eglise contre leurs
attaques; mais lorsque sa critique, toujours sans haine
et sans fiel, s'attachait aux doctrines, il tendait la
main à ses adversaires et leur ouvrait son cœur:
C'est une abeille qui bouche avec du miel les blessures
qu'elle a faites, comme l'a dit un spirituel critique.
une des gloires de l'auteur de la Défense de l'Eglise
fut d'être proposé pour un fauteuil à l'Institut
par M. Guizot qu'il avait combattu, et d'amener
Augustin Thierry à corriger son histoire de la
conquête d'Angleterre, ——— comme sa plus douce
joie dut être de voir avant de mourir la fin
chrétienne de ce dernier, amenée certainement en
partie par l'influence du Pieux et habile critique.

Les premiers siècles de l'Eglise et
les temps si diversement jugés du Moyen-Age, sur
lesquels avaient du se porter plus particulièrement
les Etudes de l'abbé Gorini, trouvèrent d'habiles
et puissants historiens. Après nous avoir raconté
l'Histoire de la Rome du monde oriental, M.
Poujoulat, dont le nom si cher à l'Ecole Catholique
se retrouve encore sous notre plume, nous a initiés
à la vie publique et sacerdotale de l'Evêque
d'Hippone, ce grand interprète de la tradition
chrétienne, dans lequel il a voulu faire revivre l'Afrique
moderne et son nouveau Pontife, dont la mission
avait plusieurs points de ressemblance avec elle

d'Augustin. M. Poujoulat a gravé sur une pierre le grand nom de Saint-Augustin, celui de tous les maîtres de la Science religieuse qui fait le mieux comprendre le Christianisme, et qui introduit le plus avant dans le monde invisible. C'était une bonne et généreuse pensée de replacer cette grande figure au milieu de notre siècle, si sceptique, si frivole et si ignorant des choses religieuses.— M. Alexandre de Saint-Chéron, de son côté, dans son Histoire du Pontificat de Saint Léon le Grand et de son siècle, recueillait avec art, sur cette époque si brillante, si instructive et si peu connue de la Papauté, tous les documents historiques qui en sont restés, classés avec une attention scrupuleuse et dans un ordre parfait, résumés et appréciés dans un esprit impartial. « Un ardent désir « de défendre la vérité catholique, la perpétuité des traditions, « des dogmes et des institutions de l'Église, » telle est, lui-même le déclare avec une chaleur d'accent qui ne saurait tromper, la pieuse et noble pensée qui a inspiré et dirigé l'écrivain, déjà connu par la traduction d'excellents ouvrages de Frédéric Hurter.— Dans son beau livre sur La Charité Chrétienne dans les premiers siècles de l'Église, M. le comte de Champagny prouve que les instincts de compassion, connus et pratiqués par l'antiquité païenne, mais déjà blâmés par la philosophie ancienne comme des faiblesses indignes du sage, ne purent s'élever jusqu'à l'amour et devenir de la Charité que lorsque l'homme connut mieux sa nature, son origine et sa fin, secrets sublimes que le Christianisme

seul a pu lui apprendre. Et non seulement le
Christianisme a créé la charité, mais il l'a élevée
à l'état d'institution, il l'a organisée, comme on
dirait aujourd'hui, et cela dès les premiers temps. C'est
ce fait que signale M. de Champagny, et que l'abbé
Collemer a plus récemment établi, en étudiant dans
un savant ouvrage les Origines de la Charité chrétienne.

    Mais l'ordre historique nous
presse de nous arrêter devant les monuments élevés à la
gloire de la religion par un de ses enfants les plus soumis,
de ses défenseurs les plus intrépides et de ses plus illustres
apologistes. A peine âgé de vingt ans, M. le comte de
Montalembert recueillait les applaudissements les plus
chaleureux et les plus purs en publiant cette vie de
Sainte Elisabeth de Hongrie, qui tient de la
chronique, de la légende, de l'épopée, et à laquelle son
jeune auteur a su joindre l'intérêt de l'art dans une
Introduction célèbre. Le noble historien, dans son
livre, a voulu, non seulement tracer le récit de la
vie d'une grande Sainte, dont il se constituait dès ce
jour le fils adoptif; mais encore montrer l'Église
et la Papauté dirigeant toute l'Europe chrétienne, alors
qu'elle était puissante, indépendante et libre, avec intelligence, force et bienveillance; enfin il voulait réconcilier
la fausse délicatesse si commune de nos jours, même chez
plus d'un chrétien sincère, avec la naïveté et la vérité
du Moyen-Age, en racontant dans toute leur
simplicité ces visions et ces merveilles touchantes qui
abondent dans la vie de la chère Sainte Elisabeth.

—— Ce magnifique Essai d'un talent précoce et déjà à
mûr inaugurait brillamment, en 1830, les travaux
de l'École Catholique dans la seconde période. A
partir de ce moment, les luttes parlementaires absor-
bèrent le noble Pair de France ; et trente ans se
sont écoulés avant qu'on vît s'élever le grand-monu-
ment de sa vie, si nous en exceptons un excellent écrit
de circonstance, dans lequel l'auteur, après avoir tracé
un consolant tableau des progrès de la restauration
Catholique à notre époque, après avoir résumé ces
conquêtes et en avoir recherché les causes, démontre avec
une grande force de raison que, au point de vue Des
intérêts Catholiques au XIX ème siècle, après avoir
les Catholiques devraient être aujourd'hui les derniers à
dénigrer la liberté à laquelle ils doivent leurs progrès et
leurs triomphes. Ce n'est qu'en 1860 qu'ont apparu les
premières assises des Moines d'Occident, preuve nouvelle et éclatante que M. de Montalembert, grand
orateur et « homme de guerre dans la vie civile, »
selon l'expression de M. Guizot, demeurait un de
nos plus brillants écrivains. Quand, en effet, a-t-on
lu une plus saisissante apologie de l'ordre monastique et quand l'apologie s'est-elle trouvée plus
complètement d'accord avec l'histoire ? « C'est que
l'histoire elle-même rend justice à cette grande institution de l'ordre monastique, aux efforts surhumains

« De ces Moines, qui, pendant cinq siècles, indomptables
« laboureurs, ont défriché les âmes de nos Pères en
« même temps que le sol de l'Europe chrétienne (1). »
Espérons que ce monument, élevé avec un profond amour
et une haute intelligence, recevra son couronnement et
son entière perfection du talent et du courage de l'auteur.

En attendant, des travaux non moins
remarquables nous ont fait connaître certains personnages et certaines époques du Moyen-Age, qui demeurent
encore en dehors de l'œuvre accomplie jusqu'à présent
par l'historien des Moines d'Occident. Nous devons
citer tout d'abord la Vie de Saint Dominique, qui se
rattache, comme la vie de Sainte Elizabeth au XIII ème siècle
et au Pontificat d'Innocent III : Mais, tandis que l'on
avait groupé, autour de la pieuse héroïne Allemande
les mœurs religieuses et féodales, les souvenirs des guerres
saintes, les monuments de l'art chrétien, les traditions
et légendes populaires, — dans l'œuvre du Père
Lacordaire, c'est la large et brûlante peinture
des plus graves évènements politiques du Midi de la
France et de cette guerre des Albigeois d'où devait
sortir la première garantie de notre grande Unité
Française, avec le Salut de l'Eglise, la fondation de
l'Ordre des Frères Prêcheurs, dont le nouveau
Dominicain n'avait entrepris la réhabilitation
historique que pour mieux assurer leur rétablissement sur cette terre où fut leur premier berceau.
Le grand mérite de la Vie de Saint Dominique

_____

(1) Mgr Dupanloup (Le Correspondant du 25 janvier 1861).

c'est, en un pareil sujet, d'avoir uni la grâce tendre et harmonieuse, l'onction suave de la légende sainte au corps d'ouil plus mâle et plus sévère de l'historien. Du style nous ne dirons qu'une chose : c'est que Chateaubriand, le prince de la littérature contemporaine, louant la singulière félicité d'expression du Père Lacordaire, aimait à répéter qu'il y avait dans la vie de Saint Dominique « quelques unes des plus belles pages des Lettres françaises modernes. »

Mais le Patriarche de l'Ordre célèbre des Frères Mineurs, du compagnon de Saint Dominique, devait avoir son historien, comme avait eu le sien le fondateur des Frères Prêcheurs. Deux ans ne s'étaient pas écoulés depuis que l'œuvre historique du P. Lacordaire avait vu le jour que Mr. Emile Chavin de Malan, s'aidant des nombreux matériaux et des volumineuses chroniques de l'Ordre franciscain, lançait au milieu de la France matérialiste et industrialiste, desséchée par cet orgueil de la Raison et cette idée de perfectibilité indéfinie, son histoire de Saint François d'Assise, ouvrage d'actualité où éclataient de sublimes exemples, opposant à l'égoïsme du siècle l'héroïsme du dénoûment et de l'abnégation ; à l'orgueil une vie pauvre et humiliée ; au torrent de sensualisme qui débordait de toutes parts, une pureté angélique ; enfin, à l'amour immodéré des créatures, l'unique et ardent amour de Dieu ..... — quelques années plus tard, un compilateur [1], put endait avoir reconnu, après cinq siècles, que Sainte Catherine de

[1] Mr. Buchon.

Sienne n'était qu'une folle. Cela avait suffi pour
faire sortir du sein de l'érudition catholique un savant
et consciencieux ouvrage à l'honneur de la Vierge de
Sienne; et ce fut le religieux historien de saint
François d'Assise qui revendiqua l'honorable mission
de raconter les merveilles et les œuvres de cette illustre
fille de Saint Dominique. M. Chavin de Malan
a mis sa foi et son cœur dans ces deux volumes où
l'aridité des recherches disparaît, grâce au charme de
l'imagination. Chacun des détails de cette vie angélique,
chacune des aspirations de cette école (car la jeune fille de
Sienne forma toute une école de savants religieux,
d'hommes inspirés, de Vierges Saintes), chacune de
leurs aspirations célestes, disons-nous, est étudiée par
l'historien avec la science de l'érudition et celle de
la croix.

À peine quittons-nous le Moyen-Âge,
que M. le comte de Falloux nous attend, au seuil
de l'histoire moderne de l'Église avec la vie d'un
autre descendant de Saint Dominique. Un touriste [1]
n'avait vu dans Saint Pie V qu'un Pontife opiniâtre,
inexorable, un Grégoire VII lettré, un ambitieux
assez vulgaire pour chercher la gloire dans les magni-
ficences de son tombeau. M. de Falloux voulut opposer
à ces épigrammes un livre éloquent, comme il avait suffi
d'un mot de dédain de M. Buchon pour faire prendre
la plume à M. Chavin de Malan. En s'attachant à

[1] Mr Valery.

faire ressortir les vertus et la modération de ce grand
Pape, l'auteur de l'Histoire de Saint Pie V n'a négligé
aucune des réformes, aucun des événements accomplis
sous son Pontificat; en un mot, il a fait une œuvre
d'une haute portée et d'une véritable valeur historique, où, après avoir exposé l'action de l'Église
sur la société européenne au Moyen-Age, il
montre la perpétuelle tendance de la Papauté à
pousser l'Occident contre l'Orient à partir des
Croisades, qui, si les Papes avaient été plus écoutés,
auraient fait des Provinces chrétiennes de la
Turquie, de l'Égypte et de la Grèce, jusqu'à leur
dernier reflet, la Bataille de Lépante, qui, magnifiquement décrite par M. de Falloux, procura
au Pontife la gloire d'avoir fait évanouir le prestige
de l'invincibilité musulmane.

        De Saint Pie V à Saint François
de Sales il n'y a pas bien loin: celui-ci venait
au monde lorsque le premier montait sur le trône
Pontifical; et nous pouvons bien dire que, dans la
sphère de son action, le grand Évêque de Genève
poursuivait une œuvre non moins féconde que celle
entreprise par le Grand Pape, je veux parler des
efforts du Saint Prélat pour prolonger la trêve
entre le Saint Siège et la Royauté française, en
adoucissant autant que possible les aspérités réci-
proques des deux puissances, dont les rapports

et les dissidences ont été si bien exposés par M. Segretain dans son livre Sixte-Quint et Henri IV. Toutes ces œuvres de Saint François de Sales, sans oublier les charmes de sa vie privée, et particulièrement le généreux et brillant apostolat du Chablais, qui amena la conversion de tant de Calvinistes, tout cela nous a été raconté avec un attrait incomparable par l'abbé Hamon, de Saint-Sulpice et plus récemment, avec le secours de documents nouveaux, par M. Pérennez.

La vie et les prédications de l'apôtre du Chablais reportent involontairement nos regards et nos pensées vers ces faux apôtres de la Réforme protestante particulièrement vers les premiers propagateurs des innombrables sectes quelle enfanta dès le XVIᵉ siècle, et dont l'action devait diminuer, dans certaines contrées de l'Europe, le troupeau de Jésus-Christ, en même temps que, d'un autre côté, la Providence permettait son accroissement dans le Monde récemment découvert par Christophe Colomb. Les disciples de l'hérésie ne paraissant pas très-jaloux de rechercher leurs origines, il a bien fallu que les écrivains catholiques leur fissent connaître l'histoire de leurs docteurs et de leurs œuvres. D'ailleurs, les écrivains protes-tants, comme Hock, Voigt, Hurter, en se faisant les historiens de nos souverains Pontifes[1], avaient, en quelque sorte, imposé aux Catholiques une

[1] Histoires de Sylvestre II, Grégoire VII et Innocent III.

dette d'honneur : celle d'écrire l'histoire des héros de
la Réforme. Tel a été le motif et le but des importants travaux de Mr de Haller et de M. Audin. —
— Le premier, non moins apte à traiter les questions dogmatiques
que les questions sociales, et déjà connu depuis long-temps par
sa Restauration de la science Politique, entreprit d'écrire l'Histoire
de la Réforme Protestante dans la Suisse Occidentale, ou plutôt
l'Histoire du seizième siècle tout entier. La Réforme arrivait
en un temps où l'autorité politique, dans toute l'Europe, était
travaillée par des factions ou par des passions qui s'en emparèrent
comme d'un instrument. Par suite, l'histoire politique de la
Réforme est la seule qui mérite l'attention des hommes, et
c'est à ce point de Vue que se place le docte et grave écrivain,
démontrant que le jour où les disciples de l'hérésie ont prétendu
conquérir ce qu'ils appelaient la Liberté, en s'affranchissant
des lois de l'ordre humain, ce même jour a Vu leur asservissement
à des lois matérielle de Discipline.

M. Audin a voulu tout approfondir et tout
mettre au grand jour. à la synthèse de M. de Haller il a
substitué une large et consciencieuse analyse, et, pour atteindre
ce résultat, il n'a pas reculé devant la tâche immense de
raconter avec fidélité l'histoire des deux principaux fondateurs
des hérésies Protestantes, du grand Pape qui en fut le témoin
ferme et désolé, et enfin du monarque qui en fut le fauteur
le plus implacable. — Luther devait être buriné le premier.
Peut-être manque-t-il quelque chose, au point de Vue des
discussions théologiques, dans l'Histoire de Luther, comme
dans les autres travaux de l'auteur ; mais on ne pouvait mieux

peindre l'homme, le sectaire, ses emportements, ses duplicités,
sa colère si peu apostolique, et toute cette Vie remplie d'orgueil
et de Vices honteux. Nous n'hésitons pas à dire que depuis l'*Histoire
des Variations*, aucun livre n'avait porté un coup plus décisif au
Protestantisme. — Après le Réformateur allemand se présentait le
Réformateur génevois, dont M. Audin a eu raison d'écrire bien
moins une histoire véritable qu'une biographie, avec le style et
sous la forme des Mémoires, à cause des détails minutieux et des
mille pièces justificatives qui déposaient contre l'apostat de Noyon.
L'apôtre du fatalisme déguisé, déjà jugé comme chef de Doctrines,
devait surtout être peint comme homme, par ses actes et ses
sentiments; et l'on demeure étonné devant la masse énorme des faits
recueillis par M. Audin contre le théocrate du **XVI**ᵉᵐᵉ siècle. —
— à ces deux livres un troisième semblait nécessaire. Après avoir
fait une justice sévère, mais légitime et originale, des deux apôtres
de la Réforme, l'historien a voulu peindre aussi la Papauté du
XVIᵉᵐᵉ siècle, personnifiée dans Léon **X**, qui vit commencer le
mouvement insurrectionnel. La haute réhabilitation de ce Pontife
était d'autant plus opportune, qu'elle semblait destinée à détruire
l'erreur et la prévention générales, qui ne faisaient de Léon **X**
qu'un rhéteur et un mondain..... Ajoutons que l'*Histoire de
Léon* **X**, dont la plus soigneuse analyse ne saurait épuiser
ni même toucher toutes les recherches, abonde en précieux documents
laborieusement recueillis dans les bibliothèques et dans de longs Voyages,
en nouveautés piquantes, en curiosités artistiques et littéraires explorées
avec art et patience. — Mais l'*Histoire de Henri* **VIII** manquait
au plan que l'auteur semblait s'être tracé. Il fallait montrer,
réunis contre l'Église, en Angleterre, toutes les forces humaines

propres à une œuvre de destruction, la cupidité, l'indépendance, la volupté, la puissance du glaive et celle des lois, et l'on y rencontre une des démonstrations les plus victorieuses de la force, de la sainteté et de l'imposante inflexibilité de l'Église catholique. Ne nous sera-t-il pas permis d'ajouter que M. Audin, par ce dernier ouvrage, a pris une grande part à l'heureux mouvement de retour qui se fait aujourd'hui en Angleterre vers l'Unité catholique ?......

Les Études de M. Audin sur la Réforme nous rappellent Bossuet, ce courageux adversaire de l'hérésie. Or, après l'Histoire de Bossuet, par le cardinal de Bausset, histoire agréable, riche même de détails, le champ restait encore ouvert à de nouvelles investigations. Un érudit de nos jours, M. Floquet, a entrepris ces recherches, d'où ont jailli de savantes Études sur Bossuet, dont la seconde partie, toute récente, et prolongée jusqu'en 1682, nous peint l'illustre Évêque à la cour et Précepteur du Dauphin. — Quelque temps avant, M. Poujoulat avait rassemblé ses réflexions sur ce grand homme sous forme de Lettres à un ami, dont l'idée principale, peut-être un peu contestable, consiste à voir dans Bossuet « surtout « l'homme de l'âge où nous sommes. » — Ajoutons que ces dernières années viennent de voir publier par un infatigable érudit une édition des œuvres de l'évêque de Meaux consciencieusement exécutée d'après les manuscrits originaux et authentiques.

C'est à dessein que nous plaçons ici le principal titre de gloire d'un des historiens les plus courageux de l'École catholique, parce que son ouvrage, bien que s'ouvrant au XVIᵉ siècle, se lie étroitement à notre époque ; et aussi, parce que

nous aurons l'occasion de le rapprocher en passant de quelques autres livres écrits sur le même sujet. Nous voulons parler de l'Histoire de la Compagnie de Jésus, par M. Crétineau-Joly, qui, dans son Histoire de la Vendée militaire, avait été, comme le lui écrivait la grande marquise de La Rochejaquelein, l'Homère de cette Iliade bien plus grande que la première, puisque l'Hélène qu'on se disputait ici, c'était la France avec sa foi et ses institutions séculaires. À peu d'années de distance, le même auteur en était venu à écrire l'histoire de cet Ordre religieux, qui se présente aussi sous l'image d'un bataillon serré autour du divin capitaine des Chrétiens. En l'année 1844, si féconde en productions historiques, un noble écrivain, dont nous louerons bientôt l'œuvre capitale, M. le comte Alexis de Saint-Priest, publiait l'Histoire de la chûte des jésuites au XVIIIème siècle, et, sous prétexte d'en rechercher les causes cachées, sacrifiait l'impartialité de l'historien à la haine du pamphlétaire. La pensée de ce livre était ainsi résumée dans l'avant-Propos, comme elle avait été formulée depuis peu par l'auteur lui-même à la Chambre des Pairs :
« Les jésuites ne peuvent pas enseigner le Dévoûment, surtout à
« des Français : ce serait pousser trop loin l'abnégation et l'oubli ;
« ce serait donner un trop violent démenti à leur histoire et à
« la nôtre. Ils ne peuvent pas enseigner l'amour de la France.
« C'est pour cela qu'ils y sont impossibles ; c'est pour cela
« que la France n'en veut pas !...... » La France a été plus
juste et plus sage que M. de Saint-Priest. Mais ce qui
put rendre alors son livre dangereux, c'était la modération
apparente de l'auteur : on pouvait dire qu'il était écrit de

manière à rendre le lecteur partial sans que l'auteur le parût lui-même. Ce fut la dernière levée de boucliers contre la célèbre compagnie. Plusieurs champions de la cause catholique descendirent dans l'arène et n'eurent pas de peine à convaincre M. de Saint-Priest de légèreté, d'ignorance et de mauvaise foi; son livre, on l'a dit, n'était qu'une longue et brillante calomnie. Mais, parmi ces jouteurs on vit se distinguer entre tous le R. P. de Ravignan, qui, la même année, publiait son livre de l'existence et de l'institut des jésuites, en attendant que, quelques années plus tard, il abordât plus directement la question dans son fameux livre sur Clément XIII et Clément XIV, qui eut ainsi pour double objet de rétablir les faits dénaturés par des esprits hostiles (1), et de réparer une maladroite défense entreprise par d'imprudents amis. Bientôt, vainqueur, mais brisé de la lutte, l'illustre religieux assistait à cette réhabilitation glorieuse et complète qui était en partie son ouvrage. — M. Crétineau-Joly, lui, voulut, en prenant les faits à leur source, dérouler l'histoire toute entière de la compagnie depuis saint Ignace jusqu'à notre époque. Peut-être l'a-t-il fait avec un enthousiasme et un zèle qui ont pu nuire à la cause dont il s'était constitué le défenseur chaleureux et profondément érudit; si cette manière n'a pas été propre à réformer les jugements des esprits prévenus, il faut convenir que rien n'était de nature à dissiper les erreurs historiques sur lesquelles se fondait l'hostilité de ses adversaires. C'est ainsi que l'historien de la compagnie de Jésus a fait bonne justice d'une étrange assertion de M. Guizot, qui, après avoir posé en principe que la pensée et l'action sont les deux éléments de la vraie grandeur historique,

_____

(1) Spécialement Gioberti.

affirmait ensuite que les jésuites, néammoins, en suivant vigoureu-
-sement des plans bien concertés, furent partout vaincus sans
gloire par le Protestantisme, et portèrent malheur à toutes les
causes dont ils se mêlèrent, perdant des rois en Angleterre et des
peuples en Espagne !....

Mais ce que Clément XIV avait supprimé, Pie VII
devait le rétablir, en publiant, à peine rendu à la liberté, la
bulle qui appelait les enfants de saint Ignace à de nouveaux
combats. Or, ce grand Pontife devait avoir son historien dans notre
siècle. Le chevalier Artaud de Montor, après avoir étudié les deux
génies si différents que Florence vit naître, Dante et Machiavel,
proposait aux méditations de la génération présente l'épisode
le plus instructif et le plus moral de nos Annales contemporaines,
la douce modération et l'invincible patience du grand Pontife
Pie VII, enfin, la lutte du dominateur de l'Europe contre le
Pontife de Rome, ou plutôt la lutte de la conscience contre la
force doublée de génie. —— Même après le long Pontificat
de Pie VII, où les ébranlements du monde politique avaient
secoué et déplacé la personne du Pape, sans porter la moindre
atteinte à l'immutabilité de la Chaire de Saint Pierre
sur sa base inébranlable, le règne de Léon XII était loin d'être
dépourvu d'intérêts. En le présentant sous son point de vue
réel à l'instruction et à l'édification des Catholiques, comme
il avait fait pour le précédent Pontificat, Mr Artaud avait
déjà enrichi la littérature française de l'histoire de la
Papauté pendant le premier tiers environ du XIXe siècle.
Mais, non content de ces deux grandes œuvres, dont la première
suffisait à la gloire d'un écrivain, l'auteur voulut, à la fin
de ses jours, raconter l'Histoire des Pontifes Romains,

dans une dernière œuvre dont l'irréprochable ensemble est un hommage sincère, consciencieux et raisonné à l'objet de nos plus intimes respects.

Nous ne pouvons faire ici une place à tous les travaux hagiographiques que cette seconde période a vus naître en France. Contentons-nous au moins de signaler la réimpression de la Collection monumentale des Bollandistes, cette mine si riche, même pour l'Histoire profane ; l'Histoire du culte de la Sainte Vierge, par le savant curé de Saint-Sulpice ; la première partie des Origines de l'Église Romaine et la traduction des Actes des Martyrs, par les Bénédictins de France ; les graves travaux du cardinal Pitra, de Dom Guéranger et de Dom Piolin, sur Saint-Léger, Sainte-Cécile et l'Histoire de l'Église du Mans. Saint-Paul, Saint Denys l'aréopagite, Saint Jean-Chrysostome, Saint Jérôme, Saint Clément d'Alexandrie, Saint Anselme, Saint Thomas de Canterbéry, Saint Bernard et Sainte Chantal revivent dans les livres de Mgrs Darboy, et MM. Vidal, Martin, Collombet, Cognat, de Rémusat, Ratisbonne et Bougaud. M. Aimé Fleury approche ingénieusement les caractères et les écrits de Sénèque et de Saint Paul, éclairant de vives clartés un grand problème historique. Mgr Cruice fouille dans les manuscrits pour reconstituer l'Histoire de l'Église de Rome dans les premiers siècles, et Mgr Dupuch ressuscite les Fastes de l'ancienne Afrique chrétienne. L'abbé Gosselin révèle les bases sur lesquelles est assis le Pouvoir du Pape au Moyen-Âge. Les vies de Sainte Jeanne de Chantal, de Saint Ignace de Loyola, de Saint François Xavier, du Bienheureux Fourier, et de bien d'autres, sont présentées aux fidèles revêtues de tout l'attrait qu'elles peuvent inspirer. on remarque surtout les monuments que le Cardinal de Villecourt et l'abbé Maynard ont élevés à la gloire de Saint Vincent de Paul et de Saint Alphonse de Liguori. Le cardinal de Bérulle, Fléchier, Ollier, M. Emery, la mère Émilie, le cardinal Fesch, Mme Louise de France, Maury, Frayssinous, Quelen, Mgr Devie, le saint curé d'Ars, M. Vuarin, Mgr de Salinis, Mgr Affre, le cardinal d'Astros, le père de Ravignan, l'abbé Gorini, sont fidèlement peints pour la postérité par M.M. Nourrisson, Delacroix, Aubineau, Lyonnet, Henrion, Poujoulat, Monnin, Martin, de Ladoue, Castan, Caussette. M. l'abbé Christophe publie son excellente Histoire de la Papauté au XIVème siècle. Les études monastiques ne se ralentissent point dans l'essor qui leur a été imprimé. M. Sainte-Beuve écrivait une volumineuse histoire de Port-Royal. Châteaubriand avait dit adieu au monde en publiant la Vie de Rancé, le grand réformateur de la Trappe, et bientôt M. Casimir Gaillardin poursuit l'histoire de ses disciples jusqu'à nos jours, en étudiant leurs œuvres et leur influence. On fouille dans les restes d'archives éparses, et on en fait jaillir l'histoire des vieilles abbayes: c'est ainsi que M.M. Lorain, Alliez, Giraud et Mme d'Ayzac nous donnent l'histoire des abbayes de Cluny, de Lérins, de Saint-Barnard et de Saint-Denys.

Picot lègue à notre génération ses Mémoires pour servir à l'Histoire de l'Église pendant le XVIIIème siècle. Le Cardinal Pacca, dont on s'empresse de traduire les touchants Mémoires et M. Guillon, en faisant passer sous nos yeux Les Martyrs de la foi pendant la Révolution, nous arrachent des larmes. Enfin, pendant que l'Histoire du Clergé de France, civilisateur, missionnaire et martyr, est écrite par Mr Bousquet et par M. Christian, les missions lointaines ont aussi leurs historiographes et leurs annalistes: Tandis que le baron Hennion déroule l'Histoire générale des Missions Catholiques et que l'Angleterre même rend hommage aux efforts de nos missionnaires, l'abbé Huc nous fait pénétrer avec lui dans le Thibet et l'empire Chinois en composant d'excellents livres honorés des palmes académiques; M. Eugène Veuillot et après lui, les pères Montézon et Estève nous conduisent dans la Cochinchine et le Tonkin; Mgr Luquet raconte les missions et les progrès de la religion Catholique dans les Indes et l'abbé Domenech nous fait connaître à fond le Texas, théâtre de ses labeurs et de ses triomphes.

Ici nous devons changer d'horizon. Mais, avant d'exposer le dernier état des autres écoles historiques, il n'est pas inutile d'apprécier brièvement quelques travaux d'histoire générale dûs à l'École Catholique. En 1839, le Baron Alexandre Guiraud qu'on ne croyait que poète, publiait deux volumes sous ce titre: Philosophie catholique de l'histoire; L'auteur, bien que confessant l'orthodoxie la plus rigoureuse, bien que soumis de cœur à l'Église, n'en a pas moins abordé le dogme avec quelque indépendance, et tenté peut-être dans trop d'approfondir les mystères. On pourrait presque dire avec M. Ampère qu'il a pris l'histoire de trop haut, pour ne pas y rencontrer les nuages et le vertige. — La même année M. M. Charles et Henri de Riancey publiaient leur Histoire du monde. On dit que Raleigh, enfermé dans la tour de Londres, ayant entrepris d'écrire l'Histoire du Genre humain, le bruit d'une querelle éclatant dans la cour de sa prison, vint l'interrompre. Désirant apprendre ce qui s'est passé, il interroge, et, à travers les contradictions, recherche en vain la vérité, puis, s'apercevant qu'il lui est impossible de l'atteindre, il jette au feu son histoire abjurant la prétention de savoir et de dire la vérité sur les évènements qui ont rempli la vaste scène du monde, lorsqu'il ne peut la connaître sur l'incident qui vient de se passer sous son toit. M. M. de Riancey ne se sont pas aussi facilement découragés; car, loin d'avoir la chimérique prétention d'écrire en détail l'Histoire du Genre humain, ils ont voulu seulement esquisser les lignes principales de ce grand tableau et se borner aux traits sur lesquels il n'existe point d'incertitude. La tâche qu'ils se sont imposée c'est, après avoir précisé l'origine et la destinée de l'humanité, d'observer la marche des évènements, d'indiquer en quoi et comment chaque

peuple, dans sa voie particulière s'est rapproché ou
le plus souvent écarté du but, comment enfin tous
ont rempli, même à leur insu, les desseins de la
Providence ; c'est bien là présenter l'Histoire du
Monde, qu'on étudie trop peu ; aussi a-t-on été bien
inspiré en rééditant cet excellent ouvrage depuis
longtemps épuisé. — Vers la même époque, M.
de Saint-Victor écrivait un ouvrage d'une nature
assez analogue, et très-bien intitulé : Études sur
l'Histoire Universelle, expliquant l'origine et la nature
du Pouvoir. L'auteur, disciple des Bonald, des Haller
et des Schlegel, voudrait comme eux, avant tout,
mettre la société dans un port inaccessible aux orages,
et donner au Pouvoir, si vivement attaqué ou presque
nié dans nos âges de Révolution, une réhabilitation
solennelle en montrant quelle était sa nature et son
origine.

　　Le voisinage des temps et la similitude
des idées, tout nous rapproche de M. le comte de
Saint-Priest, dont nous avons dû combattre les
tendances irréligieuses. Lui aussi voulut contribuer
à restituer au Pouvoir cette force et ce respect qui l'a-
bandonnait, et il écrivit l'Histoire de la Royauté.
« C'est pour n'avoir pas considéré l'institution de la
Royauté dans toute son étendue, a dit M. Guizot,
« pour n'avoir pas, d'une part, pénétré jusqu'à son
« principe propre et constant, à ce qui fait son essence,
« et subsiste quelles que soient les circonstances auxquelles

elle s'applique, et, de l'autre, pour n'avoir pas tenu
compte de toutes les variations auxquelles elle se prête,
de tous les principes avec lesquels elle peut entrer en
alliance ; c'est pour n'avoir pas considéré la
"Royauté sous ce double et vaste point de vue, qu'on
"n'a pas toujours bien compris son rôle dans l'histoire
"du monde, qu'on s'est souvent trompé sur sa nature
"et ses effets." Peut-être M. de Saint-Priest avait-il
conçu, pendant son ambassade au Brésil, la première pensée de son Histoire de la Royauté. Il avait
remarqué comment, placé dans les mêmes conditions que
les possessions espagnoles, ce vaste pays était préservé
des révolutions qui tourmentaient sans relâche les
nouvelles Républiques américaines: il fut porté à
attribuer cette situation calme et heureuse à l'institution
monarchique, et voulut rechercher les origines et les
variations de la Royauté. "L'institution Royale
"lui apparut comme le plus ancien, le plus combattu,
"mais le plus persistant de tous les établissements
"humains," pour emprunter la pensée substantielle
exprimée par l'illustre Berryer, le défenseur de la
Monarchie, venant, par un de ces heureux coups de
la fortune, occuper le fauteuil et prononcer l'éloge
de l'historien de la Royauté. Le livre de M. de
Saint-Priest abonde d'érudition et de sagacité,
comme son Histoire de la Conquête de Naples par
Charles D'Anjou, publiée quelques années plus tard.

Il est malheureux que tout en reconnaissant un
homme d'esprit en M. de Saint-Priest, on soit
obligé d'attribuer, avec M. de Rémusat, peu d'autorité
à ses opinions en Histoire.

Il est temps de parcourir rapidement
les principaux représentants que nous fournit, durant
cette seconde période l'École Descriptive, à laquelle
nous réunirons l'École dite Fantaisiste.

Là nous retrouvons M. le baron
de Barante, qui, de 1851 à 1855, a publié deux
ouvrages importants; l'Histoire de la Convention
Nationale, et l'Histoire du Directoire, où se recon-
nait la théorie morale et politique que, trente
ans auparavant, l'auteur avait affirmée dans son
Histoire des Ducs de Bourgogne et dans son discours
de réception à l'Académie Française. Sans revenir ici
sur ce que nous avons dit au sujet du principe et de
la théorie de l'École Descriptive, il nous sera permis
d'en regretter l'application particulièrement à l'histoire
de la terrible assemblée. Il ne suffit pas, croyons-nous,
de montrer la réalité pour en bien saisir toutes les
faiblesses, d'éclaircir le passé en exposant les faits
pour que ce passé soit une préparation efficace
de l'avenir, de faire parler les personnages pour en
inspirer l'horreur. Toutefois, nous rendons volon-
tiers cette justice à l'historien de la Convention,
qu'il n'a rien imaginé ni rien omis des actes que
pouvaient la faire connaître. ── L'Histoire du

Directoire, avec les mêmes écueils et les mêmes quantités, laisse une impression profonde dans l'esprit du lecteur: On est frappé de l'impuissance et en même temps de l'orgueil des partis révolutionnaires; car la lutte qui se fait autour de tous les gouvernements révolutionnaires, entre leur incapacité qui les chasse du pouvoir et leur outrecuidance qui les y maintient, remplit et explique toute l'Histoire de l'époque directoriale.

L'Histoire de France sous Louis XIII, qui valut à son auteur, M. Bazin, de garder dix ans son rang après Augustin Thierry dans l'ordre des hautes récompenses décernées par l'Académie Française, nous semble appartenir à l'École Descriptive. La puissance d'invention appliquée au passé, et dont notre siècle ne possède que trop le secret, l'auteur a eu raison sans doute de la dédaigner, aussi bien que le mouvement trop dramatique et les effets pittoresques; mais il aurait pu se moins glorifier d'avoir négligé ce qu'il appelle « la Grande pensée humanitaire et « sociale, qui doit toujours présider, dit-on, au récit « des évènements. » La crainte de tomber dans les dangers de quelqu'une des Écoles Systématiques a retenu M. Bazin dans les rangs de l'École Descriptive, et a rendu un peu froide son élégante narration, pleine d'esprit et de bon sens. Mais, à part quelques jugements un peu sévères ou épigrammatiques, il a reproduit, sous ses vrais aspects, la physionomie de la Régence de Marie de Médicis, et du

ministère du maréchal d'Ancre ; le caractère des
desseins et de la politique de Richelieu ; enfin, le
portrait de ces deux hommes trop peu connus qui ont
joué un rôle important sous Louis XIII, je veux dire
le Duc Henri de Rohan, ou le chef du parti de
la Réforme et l'agent célèbre du grand Ministre
connu sous le nom de Père Joseph du Tremblay.

Nous l'avons dit, à l'École
Descriptive doit naturellement se rattacher l'École
Fantaisiste, qui est à la première ce que la peinture
est à la photographie. Ici nous retrouvons M.
Mérimée, que nous avons déjà rencontré dans le
Roman Historique de la première période de notre
siècle. « Je n'aime dans l'histoire que les anecdotes,
« avait-il écrit dans la Préface de la Chronique du
« Règne de Charles IX ; et, parmi les anecdotes, je
« préfère celles où j'imagine trouver une peinture vraie
« des mœurs et des caractères à une époque donnée. »
Depuis 1829, M. Mérimée, tout en restant fidèle à
son premier goût, a bien étendu et développé son
point de vue. Sans renoncer à ses qualités de
Conteur, il a voulu, suivant les circonstances et les
sujets, faire acte d'historien, d'archéologue et d'érudit,
et échapper ainsi, du moins en apparence, aux
frivolités du Roman et de la littérature légère.
La Guerre Sociale et Catilina dans l'histoire
romaine, don Pèdre le cruel dans l'histoire
d'Espagne, les faux Démétrius et les Cosaques

d'autrefois dans l'histoire de Russie, ont fait voir que M. Mérimée, avec son axiome favori : Le Vrai est ce qu'il peut, ne pouvait compter, comme historien, sur les succès que Colomba et le Vase Etrusque lui avaient valu comme romancier.

Le Roman, disons-le en passant, n'a point à figurer dans notre tableau des études historiques. L'histoire a toujours eu raison de répudier, comme étant hors de son domaine, les produits de ce genre de littérature, et de désavouer les Sue et les Soulié, les Sand et les Sandeau, les Féval et les Dumas, les About et les Flaubert ; ou bien, elle devrait accueillir aussi les d'Arlincourt et les Fresse-Montval, les Pierre Saintine et les Marmier, les Bareille et les Veuillot, sans oublier les romans chrétiens de Mme Gjertz et de Léon Gautier, de Melle Julie Gouraud et de Mlle Fleuriot, non plus que les touchantes histoires d'Hippolyte Violeau, et les dramatiques récits de Mme d'Arbouville. — Le Drame, moins encore que le Roman, se rattache à notre sujet, même au point de vue de l'École Fantaisiste. Cependant, on a compris, de nos jours, sous le nom d'École Dramatique, les auteurs qui, sans vouloir élever les faits jusqu'à l'intérêt le plus passionné du Drame, ne prétendent pas donner aux caractères cette portion d'idéalité que la muse tragique confère aux grands personnages de l'Histoire, en exaltant le Vrai sans le dénaturer. Le Drame historique a remplacé chez nous le Drame politique. Déjà dans la première Période, le comte Roederer avait écrit ses Comédies historiques, et Lebrun sa belle tragédie de Marie Stuart. Nous retrouvons l'influence plus ou moins marquée de l'élément historique dans Les Vêpres siciliennes, dans Marie Tudor et dans

(142)

Jeanne d'Arc, sans oublier Moïse et Saül, les tragédies de M. Ponsard et les scènes historiques de M. Vitet.

Mais cette digression ne doit pas nous faire oublier le représentant le plus brillant de ce que nous avons appelé l'École fantaisiste : M. de Lamartine. « L'Histoire, a dit le grand poète lui-même en parlant de sa jeunesse, l'Histoire n'était, selon moi, que la Poésie des faits, le Poème épique de la Vérité (1). » Il nous est permis de croire que cette théorie historique a survécu à l'adolescence de celui qui déposait la lyre poétique et tentait d'évoquer, comme l'avait fait Chateaubriand dans son âge mûr, la muse sévère de l'Histoire. Dès-lors, en effet, tout s'explique, et plus particulièrement ces procédés historiques se jouant des événements et des hommes, des documents et des preuves, créant des figures de fantaisie sous de sévères portiques, improvisant des fresques peintes à la détrempe sur des murs bâtis par l'Histoire et badigeonnés par le Roman. Le nouvel historien des Girondins ne voit que « la Folie de la Vérité » dans cette Révolution qui ne laisse pas de lui plaire, parce qu'il y voit une expression de cette fraternité universelle qu'il considère comme l'avenir certain et définitif de l'humanité. M. de Lamartine n'a pas l'impossible courage de l'Histoire. Le Philosophe s'attache à excuser dans ses théories ce que les tableaux du peintre font haïr ; et ainsi, l'aberration du sens philosophique et l'abus du sens poétique vont droit à l'obscurcissement du sens moral. — Après l'Histoire des Girondins, il semble que la manière de l'auteur devient plus adoucie et plus retenue, ou, si l'on veut, moins radicale et moins choquante, comme on a pu le voir dans l'Histoire de la Restauration, ainsi que dans les Histoire de Turquie et de Russie.

(1) Cours familier de Littérature, Premier Entretien.

mais l'histoire n'en ressemble pas moins à ces vaisseaux désemparés qui, faute d'agrès et de gouvernail, cherchent un courant qui les porte et qui les conduise : il trouve de bons et de mauvais courants, et il s'abandonne avec la même confiance aveugle et la même sérénité insouciante aux uns comme aux autres.

M. de Lamartine ayant écrit que « La Révolution « était inévitable et sainte, » nous pouvons, sous son patronage, franchir la barrière qui nous sépare du domaine de l'École Fataliste, dont les doctrines devaient paraître si commodes aux partisans des faits accomplis. Nous y retrouvons les deux historiens qu'elle nous a déjà présentés et qui poursuivent leurs graves travaux. Le premier, M. Thiers, mettant à profit l'amas de documents et de papiers d'État laissé par le gouvernement Impérial, a fait sortir de ce système d'investigation historique une Histoire très-complète du Consulat et de l'Empire, ouvrage seul trouvé digne, dans ces dernières années, de la plus haute récompense dont puisse disposer l'académie française. Après avoir lu ces vingt volumes, on comprend parfaitement « comment, à une des époques « les plus agitées de l'Humanité, on s'y prenait pour remuer « tant d'hommes, d'argent et de matière. » Mais, fidèle à son système, l'historien se tait sur ce que pensent ou disent ces hommes, en dehors de son héros, dont il se complaît à étaler le génie sous toutes ses faces, il ne voit plus rien, ni l'esprit de tradition, ni même l'esprit de liberté, ni enfin la justice Divine, dont l'action visible ne peut l'empêcher de se montrer plus sévère pour les fautes qui amènent des catastrophes, que pour les attentats qui les ont méritées...... On a comparé M. Thiers à Polybe pour l'art de dérouler les intrigues des politiques, le mouvement des armées et les combinaisons des capitaines. Nous serions même tenté de pousser à bout la comparaison et de reprocher à l'Histoire du Consulat et de l'Empire, comme Fénelon le reprochait à l'histoire grec, d'introduire dans le cours des événements une espèce de mécanique, devant laquelle tout doit tomber, tout tombe . . . . . .

M. Mignet continue ses travaux sous l'influence des mêmes idées. C'est dans l'histoire d'Angleterre et dans l'histoire d'Espagne qu'il cherche des sujets. Il écrit d'abord l'Histoire de Marie Stuart, histoire sévère, qui, trop souvent basée sur les diffamations de l'apostat Buchanan, semble avoir pour but de rendre désormais impossible la défense de l'infortunée Reine. En même temps, M. Dargaud, un disciple de ce qu'on a appelé l'École Pittoresque, plaçant son héroïne dans un autre jour, faisait passer dans toutes les pages de son histoire le sentiment de Poésie et de pitié exaltée qui l'animait pour les malheurs de la Royale et catholique Victime. Mais entre l'acte d'accusation de M. Mignet et le Panégyrique maladroit de M. Dargaud, se place un travail impartial et consciencieux publié tout récemment par un savant professeur de l'Université, M. Wiesener : Voyant la faveur publique rester à la Reine d'Écosse malgré la sévérité de l'histoire à son égard, il s'est demandé, après M. Nisard, qui avait tort de l'histoire ou de l'opinion, et a voulu réhabiliter cette chère mémoire, si long-temps enveloppé « d'une atmosphère de calomnies. » Nulle part, mieux que dans son livre sur Marie Stuart et le comte de Bothwell, l'Histoire n'est éclairée et instruite ; tous les faits, toutes les circonstances, sont minutieusement rapportés, les véritables dates rétablies, tous les documents examinés avec sagacité ; enfin, M. Mignet, victorieusement réfuté, on peut le dire, par des preuves morales, historiques et judiciaires. — M. Mignet avait écrit, avec plus de justice et d'amour de la vérité, l'Histoire de Charles-Quint, que M. Pichot entreprenait après lui sur le plan anecdotique du chroniqueur et dans des idées religieuses non moins regrettables. Du reste, M. Mignet laisse voir un goût prononcé pour la Réformation et pour tous ses héros, tandis qu'il prend plaisir à rabaisser les personnages catholiques du seizième siècle: Ainsi, dans Antonio Perez et Philippe II, livre curieusement étudié et rempli de faits nouveaux, il amoindrit ce monarque, comme il avait maltraité Marie Stuart.

Nous ne pouvons parler de l'École à laquelle appartiennent ces derniers historiens, sans ajouter ici une simple réflexion. Jusqu'à nos jours, le Fatalisme n'avait été, aux yeux de ses partisans, qu'une force inexplicable, une doctrine commode, qui séduisait la paresse, qui dispensait de remonter aux causes, d'apprécier la moralité des actes, et offrait par-là un refuge assuré à toutes les incertitudes de la pensée. De nos jours seulement, un écrivain, dont les doctrines anti-religieuses, justement flétries, ont eu un si triste retentissement, a osé ériger le Fatalisme en doctrine ou en théorie, en prétendant donner une analyse de ses lois. M. Taine, philosophe avant d'être historien, veut faire de l'Histoire une science exacte, se déduisant d'un certain nombre de formules, dont la connaissance permettrait « d'apercevoir et de mesurer « les puissances secrètes qui nous mènent. » Il croit qu'il existe « une anatomie dans l'histoire humaine comme dans l'histoire « naturelle, » et qu'il appartient à cette anatomie d'expliquer les effets en découvrant les causes. Quand on aurait cette science, ajoute notre Philosophe, "peut-être pourrait-on prévoir." Ce n'est pas dans ces termes que Lacordaire comprenait et formulait La Loi de l'Histoire, dans ce discours célèbre que Toulouse applaudissait il y a douze ans, et où revivait la mâle et vigoureuse éloquence de Bossuet.

Le temps nous presse, et nous n'avons pas abordé les historiens de ce que nous appellerons l'École Progressiste, comme dans la première Période, mais l'École systématique ou Doctrinaire, qu'on a appelée aussi l'École Politique, dénominations qui, croyons-nous, en déterminant mieux son caractère, auraient l'avantage d'embrasser dans une seule classe un plus grand nombre d'œuvres et de talents. Nous ne pouvons en citer que quelques-uns. Et cependant, combien, de nos jours, n'y a-t-il pas d'écrivains, qui, ambitionnant la popularité que donne l'esprit de parti ou le paradoxe du sophiste, ont fait et font encore, sous le nom d'Histoire, des satires, des apologies ou des pamphlets? Pour les uns, l'Histoire n'est trop souvent, comme l'avait déjà remarqué M. de Bonald, que l'oraison funèbre des peuples morts, et la satire ou le panégyrique des peuples vivants. Pour d'autres, c'est la personnification, l'incarnation d'une Doctrine, d'un siècle ou d'un pays dans une individualité prise pour type et qu'on s'est promis à soi-même de trouver toujours irréprochable et même exemplaire. À plusieurs de ces historiens on peut appliquer cette qualification latine qu'un annaliste ingénu avait ressuscitée pour dénoncer la fausse science des Centuriateurs de Magdebourg : Comités mendacium, les comtes de la Calomnie... Nous le disons ici avec une inébranlable conviction, c'est outrager l'Histoire que de la mettre au service des intérêts changeants des partis; car l'Histoire doit être, suivant la belle expression de

Thucydide, une œuvre faite pour l'éternité.

Après ces réflexions générales, on ne sera pas étonné de nous voir mentionner ici tout d'abord l'Histoire de Jules César, dont l'année qui vient de finir a vu paraître la première partie. Personne ne doute que cette œuvre importante ne se rattache, par plusieurs côtés, à l'École Fataliste, puisque les évènements y sont présentés de façon à démontrer ce que M. Cousin, dans son beau temps de Philosophie transcendante, aurait appelé la nécessité de César. En outre, ce livre présente, aux yeux de tous, un exemple de ce que nous appelions le culte de l'Individualisme dans l'Histoire. L'historien, épris de son héros, écrit avec amour, avec enthousiasme, un éloquent plaidoyer destiné à écarter du grand homme tous les nuages et tous les soupçons qui avaient plané sur sa mémoire, et à défendre au moins l'opportunité de son entreprise contre la liberté Romaine. Peut-être même pourrait-on appliquer à l'auteur de Jules César ce que nous avons dit d'un de nos grands historiens, c'est qu'avant d'étudier son sujet et son héros, il s'était promis, à son insu, de trouver en lui tout ce qu'il y cherchait.

M. Guizot, sans renoncer à d'autres travaux religieux ou politiques, continue ses Études sur la Révolution d'Angleterre, où il rencontre Cromwell, qui, après avoir tenu tant de place déjà dans le premier acte de cette Révolution, remplit à lui seul tout le second acte. L'éminent historien, on l'a dit, a scellé sur cette mémoire orageuse le jugement de l'avenir dans un sujet qui doit attrister toute âme honnête, puisqu'on assiste au triomphe de la Force et de la Ruse sur le Droit et la Vertu. On regrette seulement que l'historien semble trop tenir à s'effacer et à faire agir ce héros, sous les traits duquel un autre historien

contemporain (1) a voulu voir la grande figure de l'angleterre
Protestante. Disons toutefois que M. Guizot revendique noblement
pour l'Histoire « le devoir de renvoyer le mal à sa source
« et de rendre aux vices des hommes ce qui leur appartient. —
— M. Émile Paganel tournait ses regards vers l'Histoire de
l'allemagne ; et, après avoir raconté le règne de Frédéric le
grand, se constituait l'historien sympathique de l'empereur
Joseph II et de Scanderberg.

    Tous les travaux que nous allons citer traitent de
l'Histoire de France à des points de vue divers, mais tous plus ou
moins systématiques.

    Champion du Radicalisme et de la religion des temps
futurs, M. Michelet, disciple à la fois de Vico et de Hégel, faisait
pénétrer en France le panthéisme idéaliste de ce dernier en l'appliquant
à l'Histoire, et en prenant l'histoire Romaine pour type à
l'exemple du premier. L'histoire passait du domaine de l'analyse
et de l'observation exacte dans celui des hardiesses synthétiques.
Ainsi fut écrite l'Histoire de France. « Mon livre, dit M.
Michelet lui-même, n'est pas moins qu'un récit et un système,
« une formule de la France ...... » Après cela, aucune divagation
de l'historien ne doit surprendre : ni la Réforme, présentée comme
ayant tout réhabilité, ni la gloire attribuée à Jean-Jacques
Rousseau d'avoir posé en France le principe de la Volonté
générale, ni enfin les attaques de l'auteur contre l'édifice sacré
de l'Église devant laquelle il s'était autrefois incliné avec un
si grand respect ...... Au lieu de dire que M. Michelet se fait
l'apôtre et le défenseur d'un système, nous ferions mieux de
voir dans cet orgueilleux Érostrate un destructeur universel ! ....

    (1) Carlyle.

Le Panthéisme idéaliste, d'après lequel, l'idée étant la seule réalité, l'Histoire n'est plus un récit, mais le développement d'une théorie historique, sert à expliquer, non-seulement la complaisance avec laquelle le traducteur de Luther met en parallèle le Christianisme avec le Bouddhisme, mais encore ce livre abominable de La Bible de l'Humanité, ainsi que tous ces livres de Dupuis, Dulaure, Quinet et Renan, intitulés: Histoire des Religions, Histoire des différents cultes, Génie des Religions, Études d'Histoire Religieuse...... C'est bien aussi à cette branche aînée de l'École systématique et progressiste que doit se rattacher l'Essai sur l'Histoire Universelle, de M. Prévost-Paradol, pour qui le Christianisme n'est que le Progrès d'une Idée, et la civilisation moderne, loin d'avoir anéanti la civilisation antique, a accepté la mission de la développer tous les jours. —— Les Principes de la Philosophie de l'Histoire, par M. Michelet; Le Christianisme et la Révolution française, par M. Quinet; enfin Ahasvérus, cette œuvre étrange, dans laquelle le même auteur prétend raconter « l'histoire du monde, de Dieu « dans le monde et enfin du doute dans le monde, » ne sont que des libelles contre l'humanité.

M. Henry Martin publiait, en même temps que M. Michelet et sous le gouvernement athée de juillet, une Histoire de France, qui témoignait d'immenses recherches, mais qui, écrite dans un esprit anti-religieux, accusait par-là même une ignorance ou une hardiesse impossibles à justifier: bien des faits y sont dénaturés, bien des idées faussées, bien des principes méconnus et mal appliqués; les questions théologiques des premiers siècles y sont exposées dans un langage inexact et dangereux. Le Druidisme y est présenté comme le plus haut degré de civilisation, et comme portant dans son sein l'idée de la France. Enfin, les hommes d'État y sont jugés par une justice particulière, si bien que l'académie elle-même n'a pu dissimuler les taches de l'ouvrage qu'elle couronnait, et dont l'objet principal semble avoir été d'amoindrir ou de nier même l'action du Catholicisme sur le développement de notre histoire.

Sous le titre d'*Histoire des Français*, M. Monteil, et, après lui, M. Lavallée, traçaient sur un plan nouveau, non plus l'histoire du règne des souverains, mais plus directement l'histoire du peuple et des différentes classes de la société, dans des ouvrages remarquables, mais plus ou moins empreints de l'esprit sceptique et raisonneur du dernier siècle.

M. Augustin Thierry est entré dans ce qu'on a appelé la seconde phase de sa vie littéraire, qui l'a fait classer par certains critiques dans l'*École Descriptive*; car, ainsi qu'il le disait lui-même, à l'âge l'avait rendu moins enthousiaste « des idées, plus indulgent pour les faits. » C'est ce qu'on aperçoit surtout dans ses *Considérations sur l'Histoire de France*, où la passion calmée laisse plus de place à la Raison. Dans ses *Récits des temps mérovingiens*, et particulièrement dans l'Introduction de cet ouvrage, il s'attache comme toujours à faire sortir de la théorie de l'Histoire de France l'enseignement politique qu'elle renferme, par des récits saisissants sur la conquête, la féodalité, la Royauté, l'organisation municipale. Peut-être a-t-il trop incliné dans le sens de la tradition romaine, et trop admiré ce développement unitaire de notre histoire, qui, sur la pente de cette tradition, et par la Monarchie de Louis XIV, *ce grand Niveleur*, entraîna fatalement---

la France à la révolution et à la démocratie. — En publiant plus tard l'Essai sur l'Histoire de la formation et des progrès du Tiers-État en France, M. Thierry, usant avec invention de ce que la science étrangère et française de notre siècle avait découvert ou éclairci, a resserré en un seul volume l'analyse et la peinture de ce grand fait de notre histoire, l'origine, la croissance et la durée de la tige nationale, de ce qui devait être un jour la nation même. On regrette seulement que l'auteur ait présenté le progrès de la Démocratie comme le plus grand progrès social, tandis qu'il en suppose et qu'il en réclame un autre, la stabilité du droit et des garanties égales. Peu de temps après, notre siècle a vu mourir ce « rationaliste fatigué » soutenu par les secours et les consolations de l'Église Catholique.

Si l'on en excepte les travaux que nous venons de parcourir, et ceux que M. Cousin a successivement publiés, dans ces dernières années, sur Les femmes et la Société française du XVIIᵐᵉ siècle, et plus récemment sur La jeunesse de Mazarin, nous pouvons dire que tous ceux qu'il nous reste à nommer concernent la révolution ou l'époque contemporaine.

Une réflexion naît ici sous notre plume : c'est que, à l'exception de quelques œuvres générales sur l'histoire universelle, ou sur notre histoire nationale, on s'est surtout appliqué, dans notre siècle, à deux ordres d'études historiques : les phases troublées de l'Histoire Ancienne, ou bien l'histoire des temps très-rapprochés de nous et agités par les révolutions.

Le vicomte de Bonald a donné de cette tendance une
raison générale : « L'histoire des sociétés anciennes, qui
« étaient en révolution permanente et celle des sociétés
« modernes, dans le temps qu'elles ont été en révolution
« passagère, est plus intéressante que celle des États constamment
« tranquilles, parce qu'elle est plus anecdotique, et qu'il y a
« plus d'incidents et d'épisodes dans le désordre. On fait
« l'histoire de la maladie d'un homme ; mais comment
« faire celle de sa santé ? C'est ce qui répond, ajoutait le
« noble écrivain, au reproche adressé à nos historiens, de
« n'avoir pas égalé ceux de l'antiquité. » On a pu même
observer que les historiens de l'École Catholique ont
seuls, ou à peu près, abordé les grands sujets fournis
par l'histoire des anciens peuples, comme on l'a vu
particulièrement dans cette seconde période, tandis que
les historiens de l'École systématique ont surtout fait
choix des sujets et des événements contemporains. Nous
oserions ajouter que ce qui fait surtout l'infériorité des
historiens modernes, c'est avant tout l'esprit de
système. Un auteur a rempli le premier devoir imposé
à tout historien, avions-nous avec M. le comte de
Ségur, lorsqu'il a prouvé son attachement à sa patrie,
son dévoûment à la justice, son respect pour la
vérité et le désir ardent d'inspirer la haine du vice
et l'amour de la vertu. C'était là le mérite de la
plupart des grands historiens de l'antiquité, que
nous admirons tant. Ils mesuraient les hommes et
leurs actions, non sur des systèmes et de prétendus
principes qu'une passion fait naître et qu'une autre

détruit, mais sur une règle invariable, celle de la justice et de la morale ; aussi leurs jugements sont-ils généralement confirmés par la voix des siècles. L'esprit de secte ou de parti n'est que pour un lieu et pour un jour ; la justice et la vérité sont de tous les temps et de tous les pays. C'est surtout dans les histoires de la Révolution et de l'époque contemporaine qu'on voit dominer l'esprit de système. Aussi, est-ce à ces travaux qu'on pourrait impunément, et même avec avantage, appliquer la méthode de l'École Descriptive, à la condition rigoureuse de ne rien omettre et de ne rien inventer. Sans cela, l'historien aura rarement l'impartialité qu'on est en droit de lui demander. L'histoire des temps anciens ne juge que les morts ; elle remue de froides cendres, qu'aucun souvenir récent ne garde, qu'aucune passion ne défend. L'histoire des temps présents juge les vivants, et parle en présence des passions armées ; l'une n'est que difficile, l'autre est presque impossible à écrire avec un plein succès. C'est à peine si la cendre de nos révolutions commence à se refroidir assez pour que l'histoire de nos pères ou de notre époque, si instructive pour nous, puisse être écrite et jugée au point de vue de la postérité, avec le calme et le sang-froid d'un témoin véridique, moins écouté sans doute de l'auditoire, mais mieux écouté des juges, et parlant aux esprits sérieux plus qu'à la foule enthousiaste (1). C'est ce qui paraîtrait devoir prêter des secours à l'historien pour peindre ou

(1). Cette pensée se trouve admirablement développée dans le rapport de M. Villemain sur les concours de l'année 1852.

Juger des contemporains, le gêne et l'arrête : La proximité
des objets est un obstacle pour sa vue ; l'appui qu'il
cherche est un écueil ; la lumière qu'il aperçoit est souvent
un phare trompeur qu'il doit éviter ; l'abondance des
matériaux n'est qu'une difficulté de plus. Où trouver
la vérité qu'obscurcissent tant de préjugés, que voilent
tant d'intérêts, que redoutent tant de passions ? Et
comment surtout se mettre en garde contre sa propre
partialité, en parlant d'œuvres, de lieux, d'hommes et
de choses qui nous touchent de si près (1) ?

Il est bien peu d'hommes, dans notre
génération, qui soient capables d'une sereine impartialité
à l'égard de la Révolution. Nos luttes actuelles, si
décolorées qu'elles soient, nous passionnent tous, plus ou
moins et malgré nous, au spectacle de celles de nos
Pères.

Nous n'accorderons qu'une simple mention à
l'Histoire parlementaire de la Révolution française par
MM. Buchez et Roux, où de nombreux documents
sont rangés dans un ordre systématique, et où des
idées de Christianisme social sont bizarrement associées
à des doctrines républicaines. — L'Histoire de la
Révolution française, par Tissot, fort vantée par
les amis de l'auteur et publiée en 1833 comme la
précédente avait été composée dans un sens favorable
aux principes qui inspirèrent la Révolution : Elle

(1) M. de Ségur.

est aujourd'hui oubliée, et reléguée dans l'ombre par d'autres écrits du même genre, tracés avec plus de chaleur et de talents.

M. Louis Blanc s'est classé lui-même parmi les théoriciens de l'histoire, qu'il appelle « Une longue « et douloureuse gestation de la vérité, » et qui lui fournit des solutions et des formules en toute matière. Il presse les faits pour tirer un argument de chacun d'eux, et il ne les estime qu'autant qu'ils lui apportent la confirmation de sa thèse. On voit que c'est l'excès contraire à l'École Descriptive. Scribitur, non ad narrandum, sed ad probandum. Or, cette vérité qu'a mise au jour après tant de siècles le laborieux enfantement de l'histoire, c'est que trois grands principes se partagent le monde : l'Autorité, l'Individualisme, la Fraternité. « Le premier engendre l'oppression par l'étouffement de la personnalité; le second « mène à l'oppression par l'anarchie; seul, le troisième, « par l'Harmonie, enfante la Liberté..... » Elle est l'idée dont toute l'Histoire de la Révolution est le développement et la démonstration, sous la plume de M. Louis Blanc, qui se pose en adversaire systématique de la bourgeoisie, dont MM. Thiers et Mignet s'étaient faits les apologistes, et dont l'avènement est, pour l'écrivain démocratique, le triomphe de l'Individualisme. — Son Histoire de dix ans, écrite au même point de vue et dans les mêmes principes, avait commencé à miner le gouvernement de Juillet, dont il est permis de croire que la chute fut

précipitée par la publication simultanée, dans le courant
de l'année 1847, de l'Histoire des Girondins de Lamartine,
et des Histoires de la Révolution, par M. M. Michelet
et Louis Blanc, comme la chûte de la branche aînée des
Bourbons suivit d'un an environ la publication du
dernier volume de l'Histoire de la Révolution par M.
Thiers.

     La Révolution française a été diversement appréciée
de nos jours, dans ses causes et ses événements, au point
de vue systématique ou doctrinaire. Le comte Graderer
écrivait en 1871 son livre sur l'Esprit de la Révolution
de 89, dans les idées qu'il avait appliquées à la composition
de ses précédents ouvrages historiques. —— M. Granier de
Cassagnac, en écrivant vingt ans plus tard, l'Histoire des
Causes de la Révolution française, n'a pas craint de
la remanier et de la fausser, pour nous corriger et nous
guérir; et il a ainsi poussé plus loin qu'aucun de ses
devanciers cette préoccupation des motifs contemporains dans
le récit des choses du passé; et, dans une suite de paradoxes
étranges, à chercher à établir, entr'autres choses, que la
Révolution loin de procéder de la philosophie du dernier
siècle, est fille de Louis XVI.

     L'Histoire de la Restauration fut écrite
par M. de Lacretelle, dont nous connaissons déjà l'esprit,
et dans l'ouvrage duquel on a quelque peine à reconnaître
le courageux adversaire des mouvements américains de
1791. —— M. de Vaulabelle, dans son Histoire des

deux Restaurations, œuvre vulgaire et assez faible, même comme compilation, attaque sans rien formuler, de sorte qu'on sait ce qu'il combat plutôt que ce qu'il désire. — Enfin, M. Bittiez, dans son humeur libérale, semble s'être imposé la tâche de relever les fautes de Louis XVIII et de Charles X, sans faire le compte de leurs bienfaits.

Dulaure écrivait, en 1838, l'Histoire de la Révolution de 1830, que M. Nettement avait plus exactement racontée en 1833, et dont M. Crétineau Joly devait dévoiler tous les honteux ressorts dans son livre Louis-Philippe et l'Orléanisme. Enfin, M. de Mouvion, dans un ouvrage demeuré inachevé, prenait la défense de la monarchie de Juillet contre les attaques de M. Louis Blanc et de M. Elias Régnault avec un talent d'exposition digne d'une meilleure cause; et M. Garnier Pagès, après Lamartine et Daniel Stern, traçait avec une trop sympathique tendresse l'histoire des évènements de la Révolution et de la République de 1848, dont il n'avait pu être un témoin impartial.

En mentionnant les Mémoires Historiques publiés dans la première période, nous avons annoncé que la seconde serait plus féconde. En effet, tandis que les temps antérieurs à la Révolution recevaient de nouvelles lumières de la publication des Mémoires de Mallet Du Pan, de Daniel de Cosnac, du duc de Luynes, de Mathieu Molé, du marquis d'Argenson, de Foucaut, intendant sous Louis XIV, du président Hénault, du Journal du marquis de Danjeau, des Instructions

et Papiers d'État du cardinal de Richelieu, en même temps
qu'on mettait au jour les correspondances inédites de la
duchesse de Bourgogne, de la marquise de Créquy, de
Voltaire, de Mme Du Deffant et de Buffon, les évènements
de la Révolution étaient éclairés d'un jour nouveau par
les Mémoires de Lafayette, Barnave, Barère, la baronne
d'Aubert Kirch, Miot de Mélito, Washington et
Franklin ; les époques plus rapprochées de nous ont été
mieux connues par les Lettres du comte de Maistre, les
Correspondances et Relations avec Bonaparte, par Fiévée,
les Mémoires du duc de Raguse et les souvenirs militaires
du général de Pelleport ; le Journal de Louis-Philippe ;
les souvenirs et Correspondances de Mme Récamier ; les
Lettres de Lamennais et de Béranger ; les Mémoires
du maréchal de Saint-Arnaud, de M. Dupin, de M.
Guizot, de M. Véron, et surtout les Mémoires
d'Outre-Tombe. Pyramides d'un nouveau genre,
élevées par l'orgueil d'un mourant, Testament littéraire
qui était resté ouvert toute sa vie, en laissant désirer
ou craindre à ses contemporains des codicilles favorables
ou contraires. —— L'histoire Ecclésiastique, de son côté,
s'enrichissait des Mémoires du Cardinal Consalvi, de
M. Jauffret, et de la traduction des Mémoires du
savant Huet et du Père Rapin.

    Mais l'Histoire Documentale, judiciaire
en quelque sorte, celle qui doit donner gain de cause à
la vérité a eu surtout une grande place dans ces
dernières années. Dieu a mis en notre siècle un certain

besoin de tout connaître ; et nos érudits seront mis à
fouiller l'Histoire, non pas l'histoire écrite dogmatiquement,
mais l'histoire enfouie dans les registres des hôtels-de-ville,
dans les vieux mémoires, dans les Chartes et dans les
Archives. C'est par des recherches de cette sorte que M. M.
Cimber et Danjou seront mis laborieusement à
éclairer le passé, en publiant leurs Archives curieuses
de l'Histoire de France. C'est aussi une pensée à la
fois scientifique et nationale qui a porté M. Leber
à publier son savant Recueil des meilleures dissertations
sur l'Histoire de France. Le vicomte de Bastard
d'Estang fait l'Histoire des Parlements de France;
M. de Vidaillan écrit l'Histoire des Conseils du Roi;
M. Armand Lefebvre l'Histoire des Cabinets de
l'Europe pendant le Consulat et l'Empire. M.
Chéruel ne se contente pas d'étudier Marie Stuart
et Catherine de Médicis, Saint-Simon considéré
comme historien de Louis XIV, et de mettre au jour
de curieux Mémoires sur Fouquet : Il étudie le gouvernement intérieur de notre pays en homme qui
connaît à fond la France du XVIIème siècle, dans
ses lois, son gouvernement, ses mœurs et sa littérature.
On réédite, on interprète, on apprécie Grégoire de Tours;
on réimprime les Chansons de gestes, si propres à
faire connaître l'époque héroïque du Cycle
Carlovingien; on publie les touchantes Correspondances
où apparaît semblable à un lys moissonné par l'orage
et retrouvé sous des ruines la Reine Marie-Antoinette,

qui, aux deux extrémités de sa vie en France, avait tour à tour
subi tout ce que l'ancien régime offrait de pire et tout ce
que le triomphe de la démocratie a eu de plus affreux.
Enfin, de volumineuses correspondances nous présentent
le grand empereur peint par lui-même.

En même temps, la Société de l'Histoire de
France continue ses graves et importants travaux et
l'Institut poursuit la rédaction des Recueils de nos
historiens nationaux, entrepris par Dom Rivet, Dom
Brial et Dom Bouquet ; le comte Beugnot illustre
sa noble carrière d'historien par la publication des
Olims, recueil d'actes dérobés à la poussière où
viennent se peindre nos ancêtres du Moyen-Âge, et
le même auteur fait marcher de front les Assises de
Jérusalem, monument remarquable de la
législation féodale importée par les Croisés français
dans le gouvernement qu'ils avaient fondé en
Palestine.

Les contrées étrangères ont été mieux connues,
grâce aux consciencieux travaux de M. M. Valery sur
l'Italie ; de Cazalès sur l'Allemagne ; Rosseuw-Saint-
Hilaire et de Latour sur l'Espagne ; Audley, de
Rémusat et Kervigan sur l'Angleterre ; Errand
sur l'Irlande ; Louis Énault sur l'Écosse, la
Norvège et la Hongrie ; de Courtois sur la Russie....
M. Marmier nous charme et nous instruit par le
récit de ses voyages en Asie, en Afrique et en Amérique ;
M. Mérimée, par le tableau scientifique de ses voyages
dans les diverses parties de la France ; l'amiral

Dumont- d'Urville, par ses récits de voyages dans les mers polaires, et Lamartine introduit le roman de la fantaisie dans son voyage en Orient, si pâle et si faible à côté de l'Itinéraire à Jérusalem. M. Yémeniz a rendu son voyage en Grèce intéressant, même après ceux de Pouqueville et de Choiseul-Gouffier. M. d'Abadie a complété pour l'Abyssinie ce qu'avaient déjà entrepris M. M. Combes et Tamisier.

Du reste, l'infériorité de la France dans les sciences géographiques au XIX ème siècle est démontrée, et aucun travail sérieux accompli en France ne peut être comparé aux chefs-d'œuvre produits à l'étranger par Alexandre de Humboldt, Karl Ritter et Balbi. C'est en vain que, pour donner à la géographie l'importance qu'on a cru devoir lui assigner, on en a fait le point de départ d'une théorie systématique et matérialiste, d'après laquelle, au lieu d'expliquer notre géographie présente par les annales de notre Histoire, on prétendrait élucider nos Annales par la surface actuelle du sol français. « La France, « a-t-on dit, est une expression géographique, et c'est « la géographie qui fait les sociétés, en donnant à chaque « nation sa personnalité. » Mais qui ne voit que l'Histoire fait la géographie, plus que la géographie ne fait l'Histoire ? —— La chronologie est de même restée stationnaire et n'a fait aucun progrès. Toutefois, d'autres sciences seront mises à la disposition de l'histoire et de la Description des diverses contrées.

C'est ainsi que M. Victor Guérin publiait naguère, sous les auspices du duc de Luynes, son Voyage archéologique dans la Régence de Tunis, M. d'Arbois de Jubainville son voyage paléographique dans le département de l'Aube, et Ramand, le peintre des Pyrénées, ses classiques descriptions de voyages.

Ces derniers temps ont vu particulièrement s'exécuter, sur nos provinces, de sérieux et utiles travaux qui, ainsi circonscrits, n'en éclairent que plus vivement certains points de l'Histoire ou certaines contrées particulières, à peu près comme les phares tracent des cercles étroits et lumineux sur l'immense étendue des flots. Dans cet ordre de compositions nous devons placer les ouvrages de M. M. de la Villemarqué, de Courson et Pitre-Chevalier sur la Bretagne; de M. M. Chéruel, Floquet, de Fréville et de Laferrière-Percy sur la Normandie; de M. M. Godin et Godard sur l'Anjou; de M. M. de Latour, d'Haussonville et de Saint-Mauris sur la Lorraine; enfin de M. M. Rossignol, Henry, Trouvé, Cénac-Moncaut, Germain, sur la Bourgogne, le Languedoc, le Roussillon et les États Pyrénéens; enfin le colonel Fervel raconte avec de curieux détails les Campagnes de la Révolution française dans les Pyrénées Orientales. — Ainsi se poursuit, sur les lieux, le travail d'exploration et de collection des matériaux avec lesquels se construira un jour le grand édifice d'une histoire de France complète et définitive.

Les ressources dont dispose l'École historique moderne
n'ont pas moins fécondé le champ de l'Histoire
Littéraire ou Scientifique. M. Ampère traçait l'Histoire
littéraire de la France avant le XIIème siècle, tandis que
les Académiciens continuaient la grande œuvre des
anciens Bénédictins. M. Nisard écrivait l'Histoire de
la Littérature française, bientôt reprise et continuée
au point de vue catholique par M. Nettement, qui
a fait surtout l'Histoire des idées au XIXème siècle,
tandis que M. Nisard n'avait guère présenté que
l'Histoire de la Langue dans les siècles précédents.
Plus récemment, M. Godefroy a entrepris, de son côté
l'Histoire de la littérature française depuis le XVIème
siècle jusqu'à nos jours, et le baron Walckenaër
faisait connaître les grands écrivains de notre France
et quelques auteurs anciens. En même temps, était aussi
publiée la curieuse Correspondance de Mabillon et
de Montfaucon, épisode instructif de l'histoire
littéraire du XVIIIème siècle.
    L'Histoire Scientifique nomme M. de
Pastoret, qui continue son Histoire de la Législation,
et M. Laferrière qui exécute une savante Histoire
du Droit Français ; M. Daniélo, auteur de l'histoire
et tableau de l'univers ; M. Flourens avec ses
savants travaux sur Buffon, Cuvier et quelques autres ;
les beaux écrits sur l'Histoire de la Philosophie,
par M.M. Cousin ; Damiron, de Rémusat, Barthélemy-
Saint-Hilaire, Bonnetty, Jourdain, Bouillier,

Gatien-Arnoult, Flottes et Nourrisson. — L'Histoire de l'art s'est enrichie des ouvrages précieux dûs à la plume de M. Rio, qui, après son grand travail sur l'art Chrétien, a étudié la suave figure de Léonard de Vinci ; MM. Goschler et Bouchitté ont fait revivre Mozart et le Poussin ; M. de Saulcy a écrit l'Histoire de l'art Judaïque ; M. le comte de Vogüé a fait la Description scientifique des Églises de Terre-Sainte, et Mgr Gerbet a étudié Rome Chrétienne sur les ruines de Rome Païenne, en demandant leur pensée aux édifices et aux œuvres visibles de l'homme, à travers lesquels il voyait la nature invisible de Dieu. S'il est vrai, comme le disait en 1847 l'éloquent M. Villemain, que les études Historiques soient un ordre de littérature tout-à-fait conforme au génie de nos institutions et de notre siècle, les esprits observateurs et sérieux ont eu raison de considérer les monuments de notre passé comme les auxiliaires essentiels de ces études ; car ils en sont les témoins toujours vivants qu'on ne saurait trop invoquer et consulter. Aussi, de quel secours l'archéologie, bien plus que la philologie, n'a-t-elle pas été pour l'histoire ?

Ce que Champollion avait fait pour les Hiéroglyphes Égyptiens, un autre savant français, Eugène Burnouf, devait l'entreprendre, aussitôt après la mort du grand Égyptiologue, à la suite de Niéburh et d'autres savants étrangers.

Vers le même temps, Ninive et Pompéï, en sortant
de leurs tombeaux, rendaient bien des monuments à
la lumière et agrandiraient l'horizon de l'Histoire
des siècles passés. "De ce côté, notre siècle est plein
"de lumières, les histoires sont plus déterrées que
"jamais; les sources de la vérité sont découvertes....."
Ainsi parlait Bossuet, à propos de quelques
manuscrits qu'on venait de retrouver. Qu'eût dit ce
grand homme, s'il eût assisté à cet admirable travail
qui a mis au service de l'histoire une foule de
sciences presque inconnues jusqu'ici, et qui dépose
chaque jour à ses pieds de nouveaux trésors et de
nouvelles découvertes!

Oui, ce sera la gloire de notre temps, et
spécialement de ces dernières années. Est-ce à dire
que l'histoire a atteint à notre époque son plus
haut degré de perfection? Non sans doute; nous
savons trop bien les illusions et les utopies qu'elle ne
craint pas de s'approprier, et nous ne pourrions
méconnaître les hautes et difficiles qualités que doit
réunir l'historien. "Quand on réfléchit à ce que
"c'est que l'histoire, et à ce qu'elle exige de l'historien,
"il y a de quoi être effrayé", dit quelque part M.
Villemain. Lacordaire l'a dit excellemment: "L'histoire
"est une des branches de la science, qui en dévoilant
"ou en obscurcissant la trame des choses morales,
"peut davantage affermir ou ébranler la vérité. Il ne
"suffit pas, pour y servir, d'une bonne volonté sérieuse
"et de la connaissance matérielle des faits; il y faut

« une pénétration rare, une sincérité contre soi-même,
« un discernement profond de la part de Dieu et
« de la part de l'homme, et, dans l'expression des
« causes saisies, de l'ordre, de la sobriété, du nerf et
« de l'éloquence...... » Ce que nous ne craignons pas
d'affirmer, c'est qu'on ne trouverait pas facilement,
dans notre histoire littéraire, un demi-siècle aussi
riche que celui qui vient de s'écouler, en saisies
et savantes productions historiques, destinées à
survivre à la génération qui les a vues naître
et à éclairer la postérité en provoquant sa juste et
sévère réprobation des œuvres déjà flétries par la
conscience des cœurs honnêtes et condamnées par
le goût des intelligences droites et pures.

          Notre rapide esquisse n'aura pu donner
qu'une idée bien imparfaite de ce mouvement et
de cette supériorité de notre époque : Il aurait fallu
pour cela disposer de toute une galerie, tandis que
les limites assignées à notre sujet et déjà dépassées
ne nous permettraient que de grouper nos personnages
dans un seul tableau d'ensemble. Si donc, après
avoir lu notre Essai, on ne se sent pas porté à
rendre honneur et justice à notre siècle au point
de vue de ces travaux historiques, c'est à l'insuffisance de notre exposé, à la faiblesse de notre
méthode ou à la timidité de nos appréciations qu'il
faudra s'en prendre.

          Oui, nous aimons à le redire, notre siècle

peut être appelé le siècle de l'histoire. La France
avait eu avant la révolution des érudits immenses
des écrivains incomparables de Mémoires, des
Observateurs ingénieux ou sublimes de l'esprit des lois
humaines et divines; l'histoire, la véritable histoire,
mélange d'analyse et de synthèse, de science et de réflexion
de recherches patientes et d'intuitions philosophiques,
semble née dans la société nouvelle. Était-ce
insouciance fortunée de nos Pères, qui, tentant autour d'eux,
dans l'ordre invariable de leurs institutions, une
image de l'harmonie des Sphères, s'enquéraient moins
des choses d'autrefois? Peut-être nos commotions
sans fin, en mettant tout à nu, en montrant à
tous les regards les racines des États, en ne laissant
plus de secrets aux Empires, ont sollicité plus
ardemment la pensée de l'homme vers le passé.
Sous ce rapport, peut-être n'est-il pas exact de
dire que nos derniers bouleversements ont été funestes au
Renouvellement des Études dans le domaine de l'Histoire.
Fasse le ciel que la paix, une paix durable et assurée,
vienne féconder ce champ si courageusement
labouré, mais trop souvent ravagé, malgré les
veilles infatigables des vrais savants, et les efforts
de ceux qui s'en sont constitués ses gardiens et ses
défenseurs! C'est surtout dans notre siècle qu'on peut
le dire: Plus la fausse science est hardie, plus la
Science véritable doit éprouver le besoin de se dévouer
et de se répandre. Telle est l'unique pensée qui a

(168)

inspiré ces pages, dictées surtout par la reconnaissance
dont nos cœurs sont remplis à l'aspect de l'œuvre réparatrice
pour laquelle se sont unies, dans notre siècle tant de
mains courageuses.

Autographie de Justin Saignes. Perpignan — 1866.